DIE

BRÜCKE

DES

TEUFELS

Buch 19   Psycho Thriller

Zum Buch

Nach langem Herumirren in der Steinzeit,
hofften sie endlich ihr Heil in der Zukunft zu finden.
Doch was sie erwartete, ließ sie das Blut in den Adern
gefrieren.
Sie sahen Schreckliches, als sie den grässlichen Schauplatz
betraten.
Die letzte Stunde hatte geschlagen - das Ende der Zeit - das
Ende der Welt.
Ein Zyklon unbeschreiblichem Ausmaßes mit
Feuerblitze ohne Ende, hatten die Welt in Brand gesetzt.
Was die Feuerbrunst nicht vernichtete,
zerstörte die anschließende Explosion und vernichtete
alles Leben - hinterließ eine Welt ohne Menschen.

Zur Autorin:

In einem kleinen Harzdörfchen - in selbstgewählter Ruhe und
Abgeschiedenheit, widmet sie sich nun ausschließlich ihrem
Hobby - dem Schreiben utopischer Abenteuer Romane
und Mystery - Triller.

Inhalt:

Kap. 1: Flügel der Welt   S. 05
Kap. 2: Der Sternenreiter   S. 15
Kap. 3: Am anderen Ufer der Welt   S. 22
Kap. 4: Der falsche Weihnachtsmann   S. 29
Kap. 5: Trügerischer Schein   S. 40
Kap. 6: Die alten Schriften   S. 46
Kap. 7: Stau im Fluss des Lebens   S. 50
Kap. 8: Das verwunschene Paradies   S. 57
Kap. 9: Trügerischer Schein   S. 61
Kap. 10: Zurück ins Licht   S. 65
Kap. 11: Die Brücke des Teufels   S. 73
Kap. 12: Die dunkle Seite des Lichtes   S. 83
Kap. 13: Trügerischer Schein   S. 94
Kap. 14: Der verspottete Graf   S. 107
Kap. 15: Satans Hintertür   S. 120
Kap. 16: Alte Gewohnheiten   S. 134
Kap. 17: Der Außenseiter   S. 138
Kap. 18: Die Ahnungslosen   S. 142
Kap. 19: Der Weiberfeind   S. 144
Kap. 20: Das zufällige Treffen   S. 147
Kap. 21: Der Denunziant   S. 151
Kap. 22: Der ungeliebte Gast   S. 159
Kap. 23: Der fremde Sohn   S. 167
Kap. 24: Das Attentat   S. 177
Kap. 25: Der letzte Akkord   S. 182

Kapitel 1: Flügel der Welt

Es war genau der Tag, der 14 September 1879.
Selbst die Uhrzeit stimmte, als ich erwartungsvoll
das Plateau - die Bühne, dieser denkwürdigen Zeit betrat.
Mein Herz raste. Ich spürte es klopfen bis in die Schläfen,
als ich aus dem Zeitkanal trat.
Endlich war es soweit, wonach ich so lange schon gefiebert
hatte.
Gleich würde ich ihn sehen - meinen Liebsten und für immer
bei ihm sein dürfen - wie es in den alten Schriften stand.
Welch ein starkes, unbeschreibliches Glücksgefühl.
Mei Blut pochte bis in die Ohren, wenn ich ihn nur kommen
sah, neben ihm ging - saß - lag.
Ich konnte es kaum erwarten ihn zu sehen.
Doch was ist, wenn wir uns verfehlen oder ich ihn nicht mehr
interessiere, nach der langen Zeitspanne - nachdem ich ihn
verlassen hatte?

Ein schrecklicher Gedanke, den ich sogleich wieder verwarf.
Denn durch meine Aufzeichnungen, in all meinen vorherigen

Leben niedergeschrieben, die ich in der Nebenhöhle
des Zeitenkanals einst verborgen und wiedergefunden hatte,
erfuhr ich - fassungslos vor Staunen - Ungläubigkeit
und Entsetzen, von meinem Eintauchen in die tiefsten Tiefen
der Zeit.

Zuversichtlich trat ich nun meinen Weg ins Glück an.
Alles war vertraut und vorhersehbar.
Dennoch war diesmal alles anders.
Denn da ich den Ablauf des Geschehens vorher wusste,
aber dennoch der Zeit ungeduldig entgegenfieberte,
hatte alles seinen Mythos und besonderen Reiz des
Ungewissen - Geheimnisvollen, verloren.
So fehlte der Zauber des Neuen - Unbekannten...
sollte man glauben.
Doch das Gegenteil war der Fall.
Da ich ja von dem besonderen Ereignis - dem köstlichen
Moment wusste - dass mir Wunderbares widerfahren würde.
Zudem hatte ich den liebenswerten Goldschatz - meinen
Günter ja schon kennengelernt.
Aber es war nicht unsere vorbestimmte Zeit.
Wir konnten nicht zu einander finden - das Glück war uns
nicht holt.

Doch nun würde alles einen neuen Verlauf nehmen,
wenn ich dem entgegenwirkte.

Nun weis ich, welche Fehler ich begangen und auf welche
teuflischen Spiele und Intrigen - ich und mein Liebster
hereingefallen sind.

Sodass ich niemals dem verführerischen Gesäusel Justins
und des heuchlerischen gräflichen Onkels,
Vertrauen schenken würde - mich nicht blenden
und beeindrucken lassen von deren Scheinheiligkeit
und schon gar nicht den Verführungskünsten Justins,
verfallen. Nein niemals mehr, dachte ich entschlossen,
während ich doch genau über Justins Anziehungskraft
und Unberechenbarkeit, der ich nur schwer widerstehen
konnte - wusste und mich daher dagegen gefeit glaubte.

So würden wir uns ungestört ein herrliches neues Leben
aufbauen können.

Ohne Justin den Titanen, der sich als Weltenretter und Hüter
der Erde sah. Justin der Sternenfahrer, der sich bisweilen,
Gott gleich glaubte.

Ich musste meine Gedanken ordnen.
Da war noch so viel, was mich plötzlich mit aller Wucht

überfiel und nach außen drängte.

In meinem Kopf war alles wieder lebendig. Ich entsann mich der vielen Irrwege, die das Leben uns bescherte.

In den Erinnerungen taten sich viele Abgründe auf.

Es geschahen Dinge, die mich zutiefst erschütterten, wie es Justin in den Sinn kam.

Dennoch geschah nichts unter dem Einfluss des Bösen - eher aus seiner wahnsinnigen Überspanntheit gesprossen.

Weis Gott - ich hatte furchtbares erlebt und überwunden.

Das Grauen steckte mir noch in den Knochen.

Das ärgste jedoch war, als ich in einem Raumschiff erwachte.

So unglaublich das auch erscheinen mag, war ich wahrhaftig in einem Raumschiff gefangen, in welches Justin - mich betäubt verfrachtet hatte.

Erschüttert und Hoffnungslos, sah ich unsere Mutter Erde tief unter mir schweben.

Würde ich sie jemals wieder erreichen, die blaue Kugel, die ich wie einen Luftballon gleiten sah.

Doch der Himmel wollte mich nicht und warf mich ab.

Ich landete mit Robby am Rand eines Meeres, zwischen schroffen Klippen, nicht weit von dem felsigen Ufer entfernt In einer unbekannten Umgebung, weit fort

von meiner Heimat, aber um viele Jahrhunderte zu früh.
Doch ich wurde gefunden und gerettet.

Ich hatte zwar mein weltliches Leben wieder, doch alles andere war verloren.

Ich musste wieder bei Null beginnen. Es dauerte lange, bis ich meine Heimat wieder erreichen konnte.

Doch dort war nichts mehr wie vorher.

Ich musste ein neues Leben beginnen. So kam ich doch aus einer anderen Welt, die nicht mehr war.

Das alles war lange vorher. Es sollte noch viel schlimmer kommen.

Lange irrte ich herum, bis mich Robby auf meinen Wusch, in die Vergangenheit, in ein bekanntes und geliebtes Bronzezeit - Dorf, eben in dem noch immer viele meiner vertrauten Anhänger in Sehnsucht auf mich warteten, beamten sollte, doch stattdessen in die Urzeit beförderte.

Was ich mit Albert, der mich begleitete, erlebte - ist nicht mit wenigen Worten zu beschreiben.

Viele Jahre musste ich mit den unzivilisierten Wilden, auf die wir stießen, leben. Bis es mir schließlich gelang, durch gutes Zureden Robbys, wieder die Zukunft zu erreichen.

Doch - oh Schreck, fand ich die Welt völlig verwüstet vor.

Eine gänzliche andere Welt, die nur noch aus Ruinen
bestand.

Doch die Welt war nicht untergegangen - nur total zerstört,
tot und leblos, wie all die anderen Planeten,
die zu Hauf in unserem Weltraum ihren ewig gleichen Lauf
anstreben.
Während wir unsere Schritte, zaghaft in die neue Zukunft
lenkten, blickte ich zum Himmelszelt empor.
Dort oben zog auch ich einst meine Bahn,

in einem Raumschiff gefangen.

Doch diese schreckliche Odyssee, hatte ich überlebt.

Was konnte mir noch schlimmeres geschehen? dachte ich damals. Doch das Schicksal hielt noch ärgeres für mich bereit.

Mein Kumpel, der mich in die Steinzeit begleitet hatte, war noch immer an meiner Seite. Doch er war mir kein Trost, eher eine Last.

Wie es schien, waren wir die einzigen Menschen, zwischen Geröll, Ruinen und Leichenbergen.

Was war geschehen? Doch wir waren nicht die einzigen Menschen auf der Welt. Wir waren nicht allein...

Einen musste es noch geben, der die Apokalypse überlebt - die Leichen geborgen und zu einem grauenerregenden Haufen gestapelt hatte.

Justin war es, der uns zuvorgekommen war und uns nun ein lebendiges Bild des Geschehens schilderte - noch sichtlich verstört und ergriffen.

„Ich kam, als alles noch brannte," erzählte er, „der Schock
warf mich fast nieder, als ich das ganze Ausmaß der
Zerstörung erkannte.
Ich habe ja schon viel erlebt, das jedoch war mehr als der
Mensch zu ertragen vermag." stammelte er, sichtlich
ergriffen.
Der große Countdown, muss sich kurz vor meinem Eintreffen

abgespielt haben. Es muss zunächst wie ein verheerendes Unwetter begonnen haben.

Mit zischend, elektrisch aufgeladenen Blitzen, die alles in helle Flammen setzten. Bevor die alles zerstörenden Explosionen donnernd und krachend den Rest vernichteten und zerfetzten. Die alles, was nicht fest verankert war in Stücke riss und fortschleuderten.

Das totale Inferno - unvorstellbar - wie es grausamer nicht hätte sein können. Dantes Inferno - war dagegen ein Kindermärchen.

Wenn es auch nur Einen gegeben hätte, davon zu berichten, so wäre er dem Wahnsinn verfallen und stumm.

Kälte, Hunger und Entbehrung, hatte ich klaglos überstanden. Denn ich wusste, dass auch diese zermürbende Zeit ein Ende nehmen würde.

Meine vorbestimmte Zeit, meinen Liebsten zu treffen, rückte unaufhaltbar näher - konnte nicht mehr fern sein.

All das Entsetzliche lag nun hinter mir. Ich dachte an den schrecklichen Moment zurück, als wir den Ort des Grauens betraten und uns fassungslos inmitten der zerstörten Welt - unserer Zukunft befanden.

Alles war vernichtet, sämtliche Vegetation verbrannt - die totale Apokalypse - das Ende der Welt.

Mein Weg jedoch führte in die noch heile Vergangenheit, wo die Welt noch grün und bunt und voller munteren Lebens ist. Wenn alles so lief, wie es mir prophezeit, konnte sich noch heute, meine quälende Sehnsucht erfüllen.

Kapitel 2: Der Sternenreiter

Nun würde sich mein Lebensweg, schlagartig verändern.
Ein Leben ohne Justin, den Sternenfahrer, der sich in seinem
Wahn - bisweilen Gott glaubte.
Justin, dem liebenswerten Scheusal, Justin, der mich belog,
mich manipulierte - mich verstörte - doch mit seinem
Charme und Hinterlist in die tiefsten Abgründe stürzte.
Der anmaßend, dreist, dominant sein Ziel verfolgte,
vom Verlangen besessen.
Doch in einer Person umwerfend, erotisch und sündig war,
ein Siegertyp, der alles erreicht hatte.
Nur eins war ihm nicht gelungen - die Flamme seines
Herzens, die Frau die er begehrte zu gewinnen.
Die Frau die er wollte, diese Frau wollte ihn nicht.
Aus Liebeskummer und Überdruss, dem eintönigen Leben
zu entfliehen, fasste er eine Kurzschlusshandlung - einen
wahnwitzigen Entschluss, welchen er sehr schnell wieder
bereute.
Einen Flug zu den Sternen, um seinen Ehrgeiz - doch noch
als Erster die neuendeckte Supernova zu betreten und zu
erforschen. Wie damals, als sie zu dem fernen Planeten

Heros - Robbys Heimatplaneten, unterwegs waren,
auf dem die Menschheit auszusterben drohte.
Jener Planet, von dem einst Robby ausgesendet wurde,
viele Menschen einzufangen, um ihn wieder zu besiedeln.
Doch er landete hier, als die Erde noch unbevölkert war.
Zudem erlitt er eine Bruchlandung und saß seitdem tief
im Berge fest.
Das Raumschiff versteinerte im Laufe der Jahrtausende
und wurde Eins mit dem Berge.
Das war vor langer, langer Zeit.
Durch ein Feuer und einer Explosion im Berge, war es
plötzlich wieder frei und schoss mit erneuter Kraft ins All.
Justin, damals in höchster Not, und der Gewissheit von den
herabstürzenden Felsmassen verschüttet zu werden,
sah seine einzige Überlebenschance, mit der Flucht in die
Höhle - das Raumschiff.
So jagte er unfreiwillig durch die Galaxie - losgelöst von
seinem Leben.
Doch als das Raumschiff den fernen Stern endlich erreichte,
war soeben das letzte menschliche Wesen verblichen
und somit die Menschheit ausgestorben.
Bald darauf explodierte und erlosch der Planet mit einem
fürchterlichen Knall, der die Galaxie erschütterte und als

riesiger Feuerball, nach einem letzten Aufglühen erlosch.

Worauf Robby gezwungen war, wieder auf die gute Mutter Erde zurückzukehren.

Doch dieses Mal hatte Justin eines nicht bedacht.

Bislang war er stets mit Robby zu den Sternen aufgebrochen.

Mit Robby, der imstande war, immense Zeiten zu überspringen.

Verdammt, welcher Teufel hatte ihn geritten - ohne den mächtigen Robby, in die unendlichen Weiten ins All zu starten.

Doch einmal losgelöst von der Anziehungskraft der Erde, gab es kein Zurück mehr.

Der Countdown lief und war nicht mehr aufzuhalten.

Einmal abgehoben, war nicht mehr rückgängig zu machen.

So schwebte er völlig losgelöst im All und gewann rasch an Geschwindigkeit.

Staunend erst, dann voll zorniger Fassungslosigkeit, sahen die Astrologen ihn auf ihren Monitoren doch schon bald wieder vom Radar verschwinden.

Nun war es ein Wettlauf mit der Zeit, denn sein Leben war begrenzt und somit ein Gelingen - aussichtslos.

Tag und Nacht waren gleich. Die Sternenbilder wechselten. Nach anfänglichem Interesse, verdöste er die meiste Zeit.

Die Hoffnung schwand, je den Weg zurück zu finden.

Nach vielen verzweifelten Versuchen, seinen Kurs zu ändern,

gelang ihm schließlich die Umkehr.

Aus Justins Sicht.

Als mir eines Tages die Konstellation der Planeten immer

bekannter erschien. Noch war ich mir nicht sicher, das

Sonnensystem wieder erreicht zu haben. Doch dann sah ich

Sie... Ich rieb mir die Augen. In meinem Dämmerzustand -

glaubte ich zunächst einem Trugbild erlegen zu sein.

Bei Gott, Sie war es wirklich. Keine Frau war es diesmal,

die mich in Ehrfurcht erschüttern ließ und mir Freudentränen

in die Augen trieb.

Unsere Erde war es, die ich zwar noch winzig klein,

aber unverkennbar - leuchtend - wie ein Vollmond

strahlen sah.

Welch ein unbeschreibliches Glücksgefühl

und Balsam für meine Augen.

So hatte ich den Rückweg aus den Tiefen des Universums

zu unserer Erdenmutter, noch bei Lebzeiten geschafft.

Doch ich fühlte mich bereits älter werden.

Musik sollte aus allen Lautsprechern erklingen, wenn ich

mich nach so langer Zeit wieder meiner so lang ersehnten, Mutter Erde, näherte.

Doch es war ein anderes Geräusch, nach der ewig gleichen Weltraummelodie. Mir war es, als vernahm ich Donnern und Krachen, wie bei einem Feuerwerk.

Ein Feuerwerk zu meinem Empfang? Es blitzte und flammte. Wie tausend aufglühende, flackernde Feuerflammen, lodernd bis in die Wolken.

Ein Wald, nein alle Wälder, selbst die Städte hatten Feuer gefangen und brannten lichterloh.

Doch der große Countdown sollte noch kommen.

Der große Knall, wie einst der Urknall.

Die heiße Luft hatte sich statisch aufgeladen.

Es folgte die Explosion, die alles Leben zerstörte und

vernichtete, die Druckwelle so stark, dass sie alles
zersprengte, Häuser barsten und flogen auseinander.
Meine Raumgondel kam kurz ins schlingern.
Nun glaubte ich die ganze Erde wäre explodiert und in
tausend Stücke zerfetzt... doch sie war noch da.

Durch einen dichten Nebel von Qualm,
landete ich schließlich auf dem verwüsteten Planeten,
auf meinen Heimathafen.
Keiner kam mir freudig entgegen, um mich willkommen
zu heißen.
Die Geselligkeit, nach der ich so lechzte, nach der langen
Einsamkeit im düsteren All - gab es nicht, denn all meine
Freunde und Bekannten waren umgekommen.
Ich war allein auf der Welt. Durch meine Narretei,

den Weltraum - meinem irdischen Leben vorzuziehen, hatte ich die Katastrophe - das Ende überlebt.

So trafen wir abermals aufeinander.
Durch einen hinterhältigen Schabernack Robbys,
des Zeitenlenkers. Denn wenig später war auch Carla
mit ihrem Lover hier gelandet.
Ich sah das Entsetzen in ihren Augen und konnte sie doch
nicht trösten, denn auch ich war es, der des Trostes
bedurfte.

Aus der Not gedrungen, arrangierten wir uns. Doch das
Überleben auf einem toten Planeten war eine ständige
Herausforderung für uns.
Dennoch sah ich - „Carla", alles nur als ein Zwischenspiel -
eine Prüfung, die mich umso stärker machte.

Kapitel 3: Am anderen Ufer der Welt

Alles hatte ich überwunden - Hunger, Kälte
und Entbehrungen hinter mir gelassen - abgeschüttelt
wie ein lästiges Insekt.
Ich war frei - frei für alles, was nun kommen würde.
Ich sah schon das geliebte Haus durch die Bäume
schimmern.
Ein Irres, überwältigendes Gefühl unbändiger Freude ergriff
mich. Echte Freude, so stark, intensiv und berauschend,
wie man sie nur selten im Leben empfindet.
Ehe ich meinen Weg, den Hang hinab in das neue, alte Leben
gehen würde, setzte ich mich auf den kleinen flachen Felsen,
um ein paar Minuten meine neue Lage zu überdenken
und dabei das Tal und den Pfad am Berge entlang,
im Auge zu behalten.
Mit der gerade vergangenen Zeit, hatte ich abgeschlossen.
Sie zählte nicht mehr.
Vielmehr irrten meine Gedanken zurück zu der Zeit,
als ich verzweifelt diesen Ort verließ.
Alle waren fort, ich musste neu beginnen.
Doch nicht allein in dem Haus, in dem ich doch mit meinem

Liebsten leben sollte.

Jedoch gab es keine Spur von ihm, denn die Zeit war noch lange nicht reif für uns. Das Glück floh vor mir.

Das war damals mein unglückliches Leben, das mich bald fort trieb von dem verwunschenen Ort.

Doch was dann geschah, war fern aller Vorstellungskraft.

Dennoch mochte ich diese Zeit nicht missen.

Ich durfte jetzt keine Zeit mehr vertrödeln und machte mich hurtig auf den Weg ins Tal.

Noch war alles still.

Doch ich wusste: Gleich würde ich Pferdegetrappel wahrnehmen und die Kutsche Hermanns, würde vorbei fahren - nein, sie würde anhalten! Denn er hatte mich längst im Berge erspäht.

Ich wusste was sich jetzt abspielen würde...

Scheinbar auf die Minute genau, hörte ich tatsächlich Wagenräder knarren und die Kutsche in Sicht kommen.

Jetzt muss ich winkend den Hang hinuntergehen.

Hermann wird die Kutsche anhalten, ihr entsteigen und mich freundlich bitten einzusteigen.

Ich aber werde diesmal energisch verneinend abwinken.

Aber ich machte einen verhängnisvollen Fehler.

Ich zog mein Basecap vom Kopf und schüttelte mit einer

lässigen Kopfbewegung mein Haar, das mir nun bis auf die Hüften rieselte. Mit einer unbedachten, typisch femininen Geste strich ich es aus der Stirn.

Das war eine Bewegung zu viel. Mir schien, als wäre er in diesem Moment entflammt.

„Oh ich werd nicht mehr - ein Vollweib.

Was um Himmelswillen kraxelt eine Elfe wie du hier im Berge herum. Ich glaubte erst du wärst ein Knabe. Doch nun sehe ich, du bist ein reizendes Mädel in Männerkleidung." stammelte er, sichtlich ergriffen.

Die angenommene Männerkleidung war eine banale Jeans und ein abgetragener Blazer.

„Wie ich sehe, bist du fremd hier - hast dich wohl verlaufen. Ich werde dich mit ins Dorf nehmen, unterwegs kannst du mir erklären, was du hier so alleine treibst!"

Während er mir den Schlag öffnete, dachte ich - oh verdammt, darauf bin ich nicht vorbereitet, doch ich hätte ja wissen müssen, was nun folgen würde.

Er würde mich in seiner heißerglühten Verliebtheit, in sein Haus einladen und hartnäckig nötigen, vorerst bei ihm zu wohnen - doch mich nicht wieder gehen lassen.

Mein Gott - das geschah nun wirklich - jetzt und nicht in meinen Erinnerungen oder Memoiren, aus vorigen

Leben - den alten Schriften.

Hatte ich keinen eigenen Willen - keine Entscheidungsfreiheit? Denn das lag mir nicht im Sinn.

Ich wollte ohne Umwege zu meinem mir vorbestimmten Liebsten gehen.

Ich würde mich immer und immer wieder für Günter entscheiden.

Gleichwohl aber, wollte ich den kleinen Wolfgang, Hermanns Ziehsohn sehen, der in Wahrheit jedoch Günters leiblicher Sohn aus einer sehr kurzen Affäre war - von dessen Existenz er allerdings nichts wusste.

In Betracht der Umstände, zögerte ich einen Moment, bevor ich mir von Hermann in den Wagen helfen ließ und erwartungsvoll den mir zugewiesenen Platz einnahm.

Wie ich bereits wusste, lebte Hermann mit seiner betagten Mutter und seiner Schwester - die sich nach dem Ableben seiner Gattin, des kleinen Wolfgangs angenommen hatte.

Wie erwartet, rümpfte die alte Dame bei meinem Erscheinen, missmutig die Nase.

In Erwartung - der Junge würde mir nun freudig entgegen hüpfen und munter drauflos plappern, wurde ich enttäuscht.

Der Junge war indessen wohl 14 oder 15 Jahre und zog sich bockig zurück.

Wolfgang, kennst du mich denn nicht mehr?
war ich versucht zu fragen, doch ich schwieg.

Meine Gedanken flogen zurück in eine andere Zeit - ein
anderes Leben, als ich den Wolfgang, als gestandenen Mann
zuletzt gesehen hatte. Wir waren immer freundschaftlich
verbunden.
Nun hätte ich gehen sollen, doch die Abwehr und Fremdheit
des einst so vertrauten Kameraden, war mir unerträglich
und bedrückte mich.
Ich wollte erst sein Vertrauen gewinnen - ein paar Tage
bleiben, nahm ich mir vor. Was sind schon ein paar Tage
Verspätungen in einem ganzen Leben!

Doch aus Tagen wurden Wochen. Zumal Hermann alles tat
um mir den Aufenthalt so angenehm wie möglich zu
gestalten und mein Herz zu gewinnen.
Er überhäufte mich mit Aufmerksamkeiten - war überaus
liebenswürdig und umgänglich, zudem war er ein recht
ansehnlicher Mann, zu schön - beinahe weibisch.
Er war immer da für mich, denn er brauchte für seinen Job,
das Haus nicht verlassen.
Er war Schriftsteller. Doch zurzeit noch nicht anerkannt.
Er hatte wohl den falschen Verleger und wartete auf seinen

großen Durchbruch - einen herausragenden Bestseller.
Mir jedoch gefielen seine witzigen - sündigen zum
Schmunzeln anregenden - bisweilen tiefgründigen
Anekdoten sehr gut.
Ich drängte ihn, sie bei einem anderen großen,
renommierten Verleger vorzustellen. Das würde seine
Chance - groß herauszukommen, vergrößern.

Die Abende ohne die gewohnten Nebengeräusche - ohne
leise Musikbegleitung - Fernsehunterhaltung, nur dem ticken
der Uhr, bestenfalls das entfernte Kläffen eines Hofhundes
und das unermüdliche Kratzen seiner Feder auf Papier,
zogen sich beinahe unerträglich in die Länge.
Bei solch einer Gelegenheit der totalen Stille,
konnte ich nicht widerstehen, ihm die heikle Frage zu stellen.
„Sei jetzt mal ehrlich. Bist du sicher, dass der Wolfgang dein
Sohn ist?"
Denn die Ähnlichkeit des Jungen mit Günter, war nicht zu
übersehen. Seine Reaktion die nun folgte, kam unerwartet
lasch.
„Freilich habe ich Zweifel, Wolfgang könnte mir als
Kuckucksei ins Nest gelegt worden sein, dennoch
ist er mein Sohn.
Ich habe ihn aufgezogen und liebe ihn

wie mein eigen Fleisch und Blut!"

„Ja, das versteh ich gut. Doch willst du denn gar nicht wissen, wer sein wirklich leiblicher Vater ist?" bohrte ich weiter.

„Nein und nochmal nein!" fuhr er mich aufbrausend an.

Damit war für ihn die Angelegenheit beendet.

Wolfgang indes, hatte volles Vertrauen in mich gewonnen.

Er fraß mir mittlerweile aus der Hand, wie man so sagt.

Immer mehr erkannte ich die Eigenschaften in ihm,

die ihn später prägen würden.

Wir hockten stundenlang zusammen und redeten.

Ich konnte seine Wissbegierde befriedigen.

Fragen die er nur mir zu stellen wagte.

Wie gern hätte ich ihm seine wahre Herkunft erklärt.

Doch er war noch lange nicht reif genug, die Umstände unbeschadet zu verkraften.

Am liebsten hätte ich ihn um die Schultern gepackt und wäre mit ihm zu Günter geflüchtet.

Das jedoch wäre unvernünftig und hätte unabsehbare Folgen.

KAPITEL 4: DER FALSCHE WEIHNACHTSMANN

Es drängte mich unwiderstehlich zu gehen. Doch gleichsam
konnte ich den Jungen nicht hinterhältig verlassen.
Ich war in einer Zwickmühle gefangen.
Eine Perversion der Gefühle.
So verging die Zeit, die ich viel lieber mit Günter verbracht
hätte.

Weihnachten nahte. Mit viel Arbeit verbunden, begannen
die Festtagsvorbereitungen, die meine Mithilfe benötigten.
Hermann tat sehr geheimnisvoll. Wie ich ihn kannte,
würde er mich mit Geschenken überhäufen.
Und so kam es auch.
Mein Gewissen plagte mich, denn ich war mir der
finanziellen Lage im Hause wohl bewusst.
Jetzt wäre es undankbar von mir, nach der Bescherung,
sang und klanglos zu verschwinden.
Die junge Frau - Erna, die Wolfgang als seine Mutter ansah,
obgleich er wusste, dass seine leibliche Mutter nach seiner
Geburt an Kindbettfieber gestorben war, ging täglich,
früh aus dem Hause!
Sie hatte einen niederen Job in einem benachbarten Hof

angenommen, um den kleinen Verdienst, den Hermann mit seinen Anekdoten beitrug, aufzubessern.

Wolfgang war maulend in ein Internat beordert.

Nun sah ich meine Zeit zu gehen, gekommen.

Nichts wird mich mehr aufhalten. Heimlich packte ich mein Bündel zusammen.

Der Winter war sehr kalt in diesem Jahr. Eisblumen schmückten die Fenster.

Erna hatte sich einen bösen, hartnäckigen Husten eingefangen, der sich täglich verschlimmerte.

„Du gehörst ins Bett," mahnte ich sie nachdrücklich.

„Ach das wird schon wieder, ein warmes Bad und ein heißer Kräutertee mit Rum, wird mich schon wieder auf die Beine bringen." entgegnete sie halbherzig.

Ich nötigte sie dennoch resolut, das Bett aufzusuchen.

Noch am selben Abend stieg das Fieber, sie glühte, röchelnd und keuchend von Hustenanfällen geplagt.

„Hermann, es sieht gar nicht gut mit ihr aus, ein Doktor muss geholt werden," bat ich ihn eindringlich.

„Ja - morgenfrüh werde ich nach ihm schicken.

Doch das war zu spät.

Der Doktor war natürlich Günter.

Als er in aller Herrgottsfrühe das Haus betrat und ich ihn sah,

spürte ich meinen Puls pochen - und das heiße Blut rasen
bis in die Ohren.

Er stutzte, als er mich sah.

Er wiegte bedenklich den Kopf.

„Welch eine Unvernunft, das arme Mädchen solange warten
zu lassen," schimpfte er. „Ich fürchte, nun kann ich nichts
mehr für sie tun," fügte er kopfschüttelnd, hinzu.

Ein letzter möglicher Versuch mit Penizillin, das jungen Leben
zu retten - wäre noch eine gute Chance gewesen.

Doch die kostbare Arznei, die er nur in der neuen Zeit
besorgen konnte, war ihm ausgegangen.

So musste er sich mit einem herkömmlichen Mittel
begnügen. Welches jedoch nicht die beabsichtigte Wirkung
erlangte.

Er war in großer Eile, seine Patientenliste war lang
an diesem unglückseligen Tag.

Ich begleitete ihn sorgenvoll mit bebenden Knien
zur Haustür. Er zögerte einen Moment zu gehen,
seine Augen brannten in Meine.

„Du hast dir also einen anderen Bräutigam gesucht, während
ich voller Sehnsucht auf dich wartete." murmelte er, kaum
hörbar.

„Nun denn, so hast du dich für einen anderen entschieden.

Schade - schade, es wäre zu schön gewesen mit uns",
sagte er und ging.

Nein so ist das nicht, du siehst alles ganz falsch, wollte ich
sagen, doch die Tür war hinter ihm zu gefallen.

Ich stand wie betäubt, die Welt zerbrach in tausend
Scherben.

„Was habt ihr gesprochen? Was hat er gesagt?"
fragte Hermann, der uns gefolgt war, eifersüchtig.

„Er sagte, wenn sie die folgende Nacht überlebt - hat sie
die Krise überstanden." log ich, um ihn zu beruhigen.

Die Kranke nahm uns kaum noch wahr, abends versank
sie   in ein tiefes Koma.

Die alte Dame verbrachte verzweifelnd, jammernd,
klagend - händeringend die Nacht am Bett der Tochter.

Vier Tage später, an einem eisigen Februartag, trugen wir sie
zu Grabe.

Eine banale Lungenentzündung hatte ihr junges Leben brutal
beendet. Das halbe Dorf begleitete sie auf ihrem letzten
Weg.

Einen Moment glaubte ich - Günter in der Menge zu sehen,
doch im nächsten Augenblick war er verschwunden.

Günter wartete nun schon sehr lange - solch eine
entsetzliche lange - quälende Zeit.

Oft dachte er, es wäre besser gewesen - hätte er sie niemals
gesehen und nichts von ihrer gemeinsamen Zukunft,
die sie ihm vorgegaukelt hatte, gewusst.
Andernfalls konnte er sich, so auf sie vorbereiten
und alles perfekt für ihre Ankunft gestalten. Obgleich er den
Sinn ihrer geheimnisvollen Worte: „Es ist noch nicht unsere
Zeit," nie verstanden hatte.
Es tut so weh immer und immer wieder vertröstet, getäuscht
und belogen zu werden.
Schließlich hatte er das unnütze, vergebliche Warten
aufgegeben und sich wieder in das sprudelnde Leben - den
ausschweifenden Feierlichkeiten im Schloss gesellt.

Der Garten war verwildert, das Haus vernachlässigt.
Die langen Jahre der frustrierenden Hoffnungslosigkeit,
mussten ein Ende haben.
Sein romantisches Erwarten wandelten sich im Laufe der
Zeit, in Widerwillen gegen jegliche Art von festen Bindungen
in Abkehr der überspannten Gefühlsduselei.
Doch in schlaflosen Nächten, hegte er die Befürchtung
und gleichsam die vage Hoffnung - Sie könnte von etwas
unvorhergesehenem aufgehalten oder verhindert sein.
Nun weis er, was oder besser gesagt,
wer sie aufgehalten hat.

Dieses Wissen warf ihn aus der Bahn. Er war am Boden zerstört.

Verbissen stürzte er sich fortan in heiße Affären.

Doch keine war dabei, die ihn fesseln - bei der er bleiben wollte. Keine berührte sein Herz - nur Sie - die ihn nicht mehr wollte.

Sie musste sich nicht auftakeln und herausputzen.

Oh - nein, so ginge ihr natürlicher Liebreiz und ihre Anmut verloren.

Wo hingegen all die anderen unnatürlich - mit ihren pompösen steifen perlenbestickten Dekolletees und dem gekünstelten Lachen, wirkten.

Er musste sich abfinden - es hat nicht sollen sein.

Ich war gefangen in einer falschen Existenz, aus der es kein Entrinnen zu geben schien.

Freilich werde ich mich nicht abfinden und in den Tag hineinleben.

Nach wie vor hatte ich nur das eine Ziel vor Augen und das war gewiss nicht eine Hochzeit mit Hermann, einem Träumer, Phantast und Philosoph, der mich seit langem schon zu einer Heirat drängte.

Er war mit Sicherheit nicht der Partner, den ich wollte.
Doch wenn Günter mit mir abgeschlossen - mich aus seinem
Leben - seinen Zukunftsplänen gestrichen und verbannte,
hat wohl alles keinen Sinn mehr.
Aber die alten Schriften besagen uns doch ein gemeinsames,
glücklich - irrsinnig langes Leben?
Die Schriften - also die Bücher, hatte ich seinerzeit,
nachdem ich sie flüchtig überflogen, sogleich wieder
hoch oben in der kleinen Nebenhöhle verstaut, da ich nicht
die Möglichkeit hatte, sie bei mir zu behalten.
In aller Eile und dem Wissensdrang, möglichst schnell alles
daraus zu erfahren, muss ich etwas Wichtiges übersehen
haben.
Denn nun kamen mir Zweifel, sie nicht richtig gedeutet und
womöglich die Zeiten verwechselt zu haben.
Bei einem erneuten sorgfältigen Studieren der Lektüre,
würde ich Sicherheit erlangen, denn die Fehler steckten im
Detail.

Als Hermann zu seinem neuen Verleger unterwegs war,
um für sein neues Werk, das einen Erfolg versprach
und womöglich ein Besteller würde, Einzelheiten zu
besprechen.
Wolfgang vergnügte sich bei einem verbotenen Fußballspiel

mit den Bauernbuben.

So nutzte ich die Zeit, um die kleine Höhle aufzusuchen.

Was ich suchte und mir hoffentlich eine Erklärung liefern würde, kann nur im ersten Band geschrieben stehen.

Ich brauchte nicht lange lesen, denn ich fand bereits auf der zweiten Seite die Lösung.

Das Wirrwarr der Zahlen hatte mich durcheinandergebracht. Denn hier stand es schwarz auf weiß.

Nicht Günter war es, der mir als erster im September begegnete, Hermann war es, wie es ja auch geschehen ist, Günter sollte mir erst ein Jahr später darauf - im September begegnen.

Alles war noch offen - unsere Zeit würde noch kommen.

All die hoffnungsvolle Zeit lag noch vor uns.

Ich brauchte also nur zu warten. Ich atmete erleichtert auf.

Doch wie und wo würden wir uns begegnen, überlegte ich und wurde sogleich fündig.

Ein warmer Spätsommertag würde es sein, doch welcher Tag genau?

Ich musste auf der Hut sein, um ihn nicht zu verpassen.

Justin indes - unendlich viele Jahre von der Zeit entfernt, richtete seine Raumgondel neu ein - um erneut zu starten, doch wohin - allein?

Im letzten Moment jedoch besann er sich und überlegte es sich anders.

Nachdem sie ihn erneut heimtückisch verlassen hatte, war seine Euphorie verraucht. Er würde sie aus seinem Leben streichen und verbannen, dachte er, in seinem Groll und vergas es sogleich nach dem ersten Schritt in das alte Leben. Justin der unermüdliche, Rastlose, der Eroberer, hatte sein ehrgeiziges Ziel aufgegeben.

All seine Hoffnung - seine großen Pläne erschienen ihm plötzlich sinnlos.

Seinen einzigen Partner, der ihm geblieben, den jungen Albert, hatte er gezwungenermaßen fortschicken müssen. Er konnte den ewig jammernden, unzufriedenen Störenfried nicht länger ertragen.

So hatte er ihn kurzerhand mit guten Wünschen in den Zeitkanal verfrachtet.

Sollte Der in seiner Zeit glücklich werden.

Doch die Einsamkeit - nun allein auf einem zerstörten Planeten zu wirken, ließ ihn umdenken.

Nicht länger als zwei Tage ertrug er die erbarmungslose

Stille, bis er dann selbst das Zeitentor betrat und den Weg in die Zivilisation zurück startete.

Um sodann wie ein Außerirdischer wieder auf der Straße des Lebens zu wandeln.

Plötzlich wusste er wieder wohin.

Das kleine Dorf im Tal am Berge, genau unter ihm, doch wohl 1000 Jahre in der Zeit versetzt.

Die Sehnsucht nach Geselligkeit, sich auszutauschen, Lachen, Plaudern und Normalität, war unermesslich - groß.

Eine erfreuliche Abwechslung, ein erwärmendes Licht am Ende des Tunnels war es, als Wolfgang in den Osterferien, freudestrahlend das Haus betrat.

„Ach liebste Carla, wie bin ich froh, wieder zuhause zu sein. Es war so öde und langweilig ohne dich. Ich habe mich so an dich gewöhnt", jauchzte er, während ich ihn lachend in die Arme zog und seinen Lockenkopf wuschelte.

Doch die erbauliche Zeit, währte nicht lange.

Bald schon musste er wieder fort.

„Du darfst den Jungen nicht so sehr an dich binden - das ist nicht gut!" mahnte mich Hermann, der sich vernachlässigt fühlte.

„Ach er hat ja sonst keinen Vertrauten, nachdem er nun auch seine zweite Mutter verloren hat", setzte ich entgegen.

„Nun ja - aber er ist kein Kind mehr und muss lernen seinen eigenen Weg zu gehen," belehrte er mich nachdrücklich.

„Ja - ja, du meinst den Ernst des Lebens - aber warum soll er sich nicht solange wie möglich in einem warmen Nest suhlen?" fügte ich hinzu.

Die Oster und später die Pfingstferien gingen viel zu schnell vorüber. Nun würde es lange dauern, bis Wolfgang wieder das Haus belebte.

Ich sah in ihm so etwas wie einen Sohn.

Kapitel 5: Trügerischer Schein

Wieder einmal, hatte ich Wolfgang zum Bahnhof begleitet.
Ich hatte ihn winkend, doch mit Bedauern und ein paar
Tränen verabschiedet - seinen braunen Lockenkopf aus dem
Zugfenster gebeugt sich entfernen und schließlich
verschwinden sehen.
Auf dem Rückweg nahm ich eine Abkürzung und spazierte
gedankenverloren, allein über die Wiesen, durch das hohe
Gras, welches bald abgemäht würde.
Als plötzlich wie hingezaubert, Justin vor mir stand.
„Hallo Schätzchen! Sieh mal an, war das eben nicht der junge
Wolfgang - den du schon wieder bezirzt hast?
Mein Gott, der naive Knabe verschlingt dich mit den Augen.
Er wird dir für immer verfallen sein, wenn ich mich
recht entsinne. Du wirst dich doch nicht an ihn vergreifen,
weil du den Vater nicht haben kannst," spöttelte er weiter.
„Nun ja - wie vorausgesagt, will er dich nicht mehr - dein
Günter," fuhr er im gleichen Wortschwall fort.
„Du hättest getrost bei mir bleiben können," grinste er
hämisch.
Vor Empörung keuchend, startete ich eine Ohrfeige in sein

grinsendes Gesicht. Er jedoch fing meine Hand ab,
packte meinen Arm und zog mich an sich.

Seine Pranken umklammerten mich. Sein Mund kam mir
ganz nahe, als er mir die Worte raunte:

„Ach komm doch - wir beide sind doch für einander
geschaffen."

Ich wehrte mich nur halbherzig. Mein Widerstand erlahmte
in seinen Armen. Seine Anziehungskraft war zu stark.

Ich griff in seinen Schopf, doch aus meinen Griff
wurde ein zärtliches Streicheln, als ich auch schon neben ihm
im Gras lag.

„Es war ganz schön, du bist noch immer ein recht guter
Liebhaber - gar nicht so übel - wenn man dein Alter bedenkt.
Dennoch hast du gewaltig nachgelassen - bist wohl aus der
Übung," spottete ich augenzwinkernd, während ich meine
Röcke glattstrich.

„Was treibst du hier, ich dachte, du willst die Welt
verbessern!" fügte ich hinzu

Ein letzter abschätzender Blick zurück, bevor ich meine
Schuhe in die Hand nahm und davon hüpfte.

Welch eine niederschmetternde Kränkung für den
Abenteurer, den so siegesbewussten Lebemann.

So verlief unsere erste Begegnung nach meiner Flucht

aus der Zukunft.

Und ich fürchte auch die nächsten Treffen werden ähnlich ablaufen. Wie könnte es auch anders sein.

Doch außer ein erotisches kribbeln in Bauch, wenn er mich berührte, empfand ich nichts für ihn.

So hat er mich also schon wieder gefunden...

Ich werde niemals sicher vor ihm sein, dachte ich, als ich die Abzweigung zu Hermanns Haus einbog.

Wo Hermann mich schon ungeduldig am Gartentor erwartete, mit den Worten: "Der Zug hatte wohl Verspätung!"

Ich nickte nur und wollte mich an ihm vorbei drängen.

„Hat dich der Abschied von Wolfgang so verstört, dass du mich nicht mehr ansehen magst?"

„Ach der Junge ist mir so ans Herz gewachsen, als wäre er mein eigener Sohn!" antwortete ich.

„So - so, aber er sieht in dir gewiss nicht die Mutter!"

„Was sagst du da? Ich verstehe nicht, wie meinst du das?"

„Ach, lassen wir das, brummte er, Mutter ist schon in großer Sorge, sie glaubt immer, du würdest nicht wiederkommen," fuhr er fort

„Ach ja, sie bringt alles durcheinander, die alte Dame. Sie verwechselt mich mit ihrer Tochter, der Erna.

Ich fürchte sie leidet an Alsheimer."

„Alsheimer? Ist das eine Krankheit?"

„Nun ja, so kann man es bezeichnen. Ihr nennt, dass hier
wohl Altersschwachsinn!"

„Bist du endlich wieder da, Erna? Wo warst du solange.
Du musst dem Jungen noch seinen Kakao kochen
und mir meinen Tee bringen!" tönte eine Stimme aus der
Stube.

„Ach es ist ein Kreuz mit ihr - sie hat ihren Tee längst
getrunken!" bemerkte Hermann, kopfschüttelnd.

„Ja - und das ist erst der Anfang, es wird mit jedem Tag
schlimmer werden, bis sie eines Tages völlig den Verstand
verliert und Keinen mehr erkennt."
fügte ich hinzu und schickte mich an in mein Zimmer zu
gehen.

„Halt warte noch. Was ist mit dir? Wie siehst du aus?"
fragte er beunruhigt und maß mich mit kritischen Blicken.

„Dein Kleid ist zerknittert und voller Grasflecken."

„Ach - ich habe zur Abkürzung den Weg über den Acker
genommen. Dort bin ich gestolpert und gestürzt.
Ich fürchte ich habe mir den Fuß verstaucht. So gestatte mir
ein Bad zu nehmen und lass mich nun gehen."

Oh - je, der ewig besorgte Kerl treibt mich noch in den

Wahnsinn. Wenn er wüsste was wirklich geschehen ist?
Ich glaube, er würde mich einsperren oder hinauswerfen.
Doch nein - er würde mich keineswegs hinauswerfen.
Er braucht mich ja für den reibungslosen Ablauf
des Haushaltes.
Der verwöhnte Macho, der nicht imstande ist, sich auch nur
ein Spiegelei selbst zu brutzeln.
Dachte ich, während ich das Feuer im Herd schürte,
um den großen Topf zu erhitzen.
Wie umständlich die Vorbereitungen, um ein simples
warmes Bad in der beengenden, kupfernen Sitzwanne
zu nehmen.
All das ist nur vorübergehend - ein Zwischenspiel im vierten
Akt des Lebens, beruhigte ich mich.
Ein paar Monate noch und dann?...
Ja was dann? Wie würde es beginnen?
Was würde geschehen an dem gewissen Tag - der magischen
Stunde?
Glaubte ich anfangs, ich würde ganz einfach, automatisch
in diese Zeit und somit augenblicklich in die Arme meines
Liebsten stürzen - unser ganzes folgendes, gemeinsames
Leben würde wie ein einziger Feiertag?

Nun jedoch, gab mir die Umsetzung viele offene Rätsel auf, die mich über Tage und Wochen fahrig und unleidlich machten.

Denn die alte Zeit wollte nicht vergehen.

KAPITEL 6: DIE ALTEN SCHRIFTEN

Noch einmal vertiefte ich mich in die alten Schriften,
um vollständige Klarheit zu erlangen.

Es ist ein unbeschreibliches Gefühl, seine Zukunft aus einem
Buch zu erfahren.

Doch je mehr ich las, umso mehr verwirrte mich das
Geschriebene.

Denn stellenweise, war es unleserlich - von der Zeit
gezeichnet und verblichen. So das ich mir keinen rechten
Reim daraus machen konnte.

So war es eher ein Puzzlespiel, welches zusammenzusetzen,
mir so manche schlaflose Nacht bereitete.

Doch bis dahin galt es noch, die Zeit zu überstehen.

Ich durfte nicht verzweifeln, sondern auch aus diesem
Abschnitt, das Beste herauszuholen.

Ich muss Hermann unbedingt reinen Wein einschenken - ihm
klarmachen, dass uns zwar eine tiefe Freundschaft verbindet,
aber das ich nie seine Frau werden konnte.

Er war am Boden zerstört, jedoch er trug es mit Fassung.

Die Hoffnung stirbt zuletzt. Denn solange ich noch in seinem
Haus lebte, mit ihm Tisch und alle Sorgen teilte, glimmte

noch ein Funken Hoffnung in ihm.

Im Haus tat ich weiterhin alles Nötige.

Darüber hinaus, werde ich gar nichts machen
und unternehmen, entschloss ich mich nach langen
Grübeleien endgültig - als wäre ich völlig unwissend
und unbedarft, das in Kürze eine umwälzende Veränderung
eintreten würde.

Doch nur im Hause zu warten, wäre sinnlos, ja geradezu
idiotisch.

Mittlerweile hatte ich Hermann dazu gebracht, schon am
Abend vorher das benötigte Wasser aus dem Brunnen
zu pumpen. Sodass ich es am Morgen nur noch aufsetzen
und erhitzen brauchte.

Auch das anheizen des großen Herdes, war mir inzwischen
zur Gewohnheit geworden.

Der Herd, der niemals ganz erlöschen durfte, weder im
Winter noch an den heißesten Sommertagen.

Ich blies in die Glut, bis die Funken flogen und das Feuer sich
belebte, worauf ich zunächst feines Brennholz und später
dicke Kloben nachlegte.

Sodann folgte mein tägliches Bad in der Küche.

Noch besaß ich einen kleinen Rest meines duftenden Deos,
sodass ich sauber und erfrischt in den neuen Tag starten

konnte.

Von all dem bekam Hermann nichts mit - der so früh noch in seligen Träumen schwebte.

Nun musste die alte Dame versorgt werden, die mich schon lange nicht mehr erkannte.

„Wer sind sie und was wollen sie hier?" empfing sie mich an jedem Morgen.

„Ich bin die Krankenschwester," pflegte ich dann zu sagen.

Dennoch stäubte sie sich mit Widerwillen, von mir entkleidet und gewaschen zu werden.

Ich steckte sie in frische Kleidung und platzierte sie auf ihren Lieblingssessel am Fenster. Dort hockte sie, wenn alles gut ging, den lieben langen Tag und schaute in die fremde Welt, die sie vergessen hatte - mit einem Blick ins Leere.

Da sie kaum noch laufen konnte, waren wir ziemlich sicher, dass sie keinen Unfug anstellen würde.

Sodann frühstückte ich alleine, denn unser Philosoph lag noch in süßen Träumen.

Nachdem ich eine Thermoskanne mit Blümchenkaffee füllte, dachte ich - bald muss ich schon wieder das Mittagsessen kochen, die Zeit ist knapp für einen Spaziergang - bevor ich das Haus verließ.

Doch ohne es zu merken, wurden meine Spaziergänge,

mit jedem Tag ausgedehnter.

Doch ich musste bald wieder umkehren.

Kapitel 7: Stau im Fluss des Lebens

Seit Wochen schon munkelte man im Dorf: Der Doktor
ist verschwunden. Keiner hat ihn mehr gesehen.
Was auch mir zu Ohren kam.
Erschüttert registrierte ich diese besorgniserregende
Nachricht.
So hat er also aufgegeben und aus Frust die Flucht ergriffen,
dachte ich von Zweifeln um unsere Zukunft geplagt.
Was soll ich noch hier?
Ich spielte mit dem Gedanken, ebenfalls diese Zeit zu
verlassen, verwarf es jedoch gleich wieder.

Die Zeit verging. Der Sommer drehte noch einmal auf
und überfiel uns mit glühender Hitze.
Doch es roch schon nach Herbst. Das Laub wurde gelb.
Doch von Günter gab es keine Spur.
Das bedeutete, dass er nicht mehr im Dorf weilte und schon
längst in eine andere Zeit gegangen war.
Hatte er alles vergessen?
Das alles konnte und wollte ich nicht glauben. Eine tiefe

Trauer und Hoffnungslosigkeit breitete sich in mir aus.
Dennoch trieb es mich weiter hinaus. Ich ging alle Wege,
die ich einst mit ihm gegangen.
Ich war sehr allein auf meinen Wegen. Noch hielt mich etwas
Unerklärliches davon ab, meine Schritte in sein Territorium
zu lenken.
Doch mit jedem Tag, wurde ich mutiger und näherte mich
dem Haus. Noch betrachtete ich es aus der Ferne.
Ein unsäglich berauschendes Gefühl überkam mich,
als ich es zum ersten Mal aus der Nähe betrachtete.
Dort hinter Büschen verborgen, verbrachte und verträumte
ich so manche Zeit.
Doch der müßigen Zeit gab es nicht viel. Hermann und die
Mutter warteten auf ihr Mittagsmahl.
Zudem musste die mittlerweile Hilflose, die indes den Tag im
Bett verbrachte, gefüttert und gesäubert werden.
Bei Gott, sie benötigte längst schon eine angemessene
Pflegestelle.
Doch sie in einer öffentlichen Anstalt abzuschieben,
war Hermann nicht willens. Und in eine passende
Pflegestelle einzuweisen, fehlten ihm noch das Geld.
So oblag mir diese undankbare Aufgabe.

In den letzten Tagen des hitzigen Sommers, hatte Hermann
sich mit all seinem Papierkram im Garten seinen Platz
vor der Laube, im Schatten eines Baumes eingerichtet.
Seine Feder kratzte unermüdlich über das Papier und formte
fantastische Geschichten, denen noch das Ende fehlten.
Ich beugte mich über ihn: „Schreib doch, dass sie endlich ihr
Glück finden!" sagte ich und schickte mich an zu gehen.
„Ja, es wäre das einfachste," gab er zu.
„Halt bleib noch, was treibt dich nur für eine Unruhe
umher," brummte er zerstreut.
„Komm doch - setzt dich zu mir und sei meine Muse."
„Ja - später, ich muss nur zuerst... also mich verlangt es den
Bauern bei der Ernte zu zusehen - ihre Sicheln im Chor
singen zu hören, denn nicht lange mehr wird es so sein.
Denk nur, bald wird ein großes, lautes Ungeheuer,
von Benzin angetrieben, in wenigen Stunden ihre
schweißtreibende Arbeit - ihre Schuftereien über Wochen,
in wenigen Stunden ersetzen!" prophezeite ich und ließ den
Verdatterten allein.

Für die Pflege und Versorgung, hatte ich wohlweislich
eine Frau aus dem Dorf angeheuert, denn ich besaß noch

immer einen Rest, meiner wohlgehüteten Geldreserven, die in der Zeit zuvor, keinen Wert besaßen.
Nach meinen Berechnungen, musste heute oder morgen der bestimmte große Tag sein.

Voller Erwartung, doch gleichsam mit einem mulmigen Gefühl, fieberte ich dem, was nun kommen sollte oder auch nicht, entgegen.
Doch die Inszenierung war vorbestimmt. Es würde alles so ablaufen wie es sein sollte.
Unser ganzes folgendes, gemeinsames Leben - wäre wie ein einziger Feiertag?
Doch eine winzige Abweichung meinerseits - eine Stunde der Unachtsamkeit, konnte das Gelingen verderben.

Hermann war entgegen seiner Gewohnheit früh aufgestanden. Just an diesem Tag beabsichtigte er sein neues, nun endlich fertiges Buch, seinem neuen Verleger vorzustellen. Ich selbst hatte ihm dazu geraten - doch es in meiner Zerstreutheit wieder vergessen.
„Du wirst mich doch sicher auf meinem schweren Weg begleiten, als mein Talisman und mir Glück bringen, setze ich voraus!"
Doch ich weigerte mich beharrlich ihn zu begleiten.

„Heute passt es mir gar nicht, kannst du es nicht um ein paar Tage verschieben?"

„Nein das geht nicht, ich bin für heute angemeldet," entgegnete er- aus der Fassung gebracht.

„Was zum Teufel ist es, was dich hindert?" fuhr er mich an.

Ich schüttelte nur widerwillig den Kopf und hüllte mich in Schweigen.

Ein ungutes Gefühl überkam mich, als ich nachgrübelte, warum ich mich so vehement weigerte jenen Ort aufzusuchen.

War dort nicht etwas Schreckliches vor dem Wäldchen, an dem ich auf Hermann wartete, geschehen?

Ein Erinnerungsblitz warnte mich.

„Ich verstehe dich nicht, drängte er weiter, alles war doch geplant. Noch vor wenigen Tagen warst du voller Freude, bei dieser Gelegenheit endlich deine Verwandten, die du solange nicht gesehen hast, aufzusuchen!"

„Ja das mag wohl sein. Damals wusste ich ja nicht, aeh - dass es mir ausgerechnet heute nicht wohl ist. Es tut mir furchtbar leid aber..."

„Schon gut, bemüh dich nicht, deine kostbare Zeit mit mir vertrödeln zu müssen." sagte er resignierend und wandte sich beleidigt ab.

Gleichwohl war es nicht nur das unheimliche Geschehen, welches mich erschreckte und vorwarnte.

Denn mein Gefühl sagte mir, das heute der bestimmte Tag war, der alles ändern sollte.

Ich war allein. Hermann hatte sein Pferd bestiegen.

Ich hörte das Hufgetrappel sich entfernen.

Ich gönnte mir noch ein paar Minuten der Besinnung, ehe ich mich aufraffte, meinen alles entscheidenden Weg anzutreten. Alles war ungewiss.

Gäbe es auch nur einen Hauch - ein Zeichen der Erkenntnis das mich leitete.

So stolperte ich in das offene Chaos der Gefühle.

Wenn heute der magische Tag ist, so kann es nur gelingen oder niemals stattfinden.

Ich werde es überleben - sollte es nicht so sein und meine Zukunft eben anders gestalten und in eine andere Zeit gehen.

Die Welt stand mir offen. Der Zeiten gab es viele.

Doch würde ich jemals das große Glück finden, wie es die alten Schriften voraussagten?

Doch zum Glück gehören immer zwei.

Ach, welche dummen Gedanken mich in meiner Verzweiflung überfielen.

Welch ein Unsinn reimte sich in meinem Kopf zusammen.
Es gab doch nur einen, zu dem mein Herz flog.
Einer mit dem ich sein - der mein Lebensglück
und Erfüllung sein - meine Sehnsucht, stillen konnte.

KAPITEL 8: DAS VERWUNSCHENE PARADIES

Das Ziel vor Augen, spazierte ich zunächst wie gewöhnlich über die Wiesen.

Doch ohne es rechtzeitig zu merken, führten mich meine Schritte immer näher in eine gewisse Richtung, die ich früher so oft gegangen.

So näherte ich mich seinem- unserm Haus.

Die Gartenpforte war nur angelehnt, vermutlich hatte er das Grundstück entnervt und in aller Eile verlassen.

Zögernd zuerst, doch dann zielstrebig betrat ich den Garten.

Der Garten war verwildert. Die Blumen in den Fensterbänken waren verwelkt. Sinnend schaute ich auf die Stauden und Zierbüsche, die ich einst gepflanzt.

Hier war mein Zuhause und dennoch fühlte ich mich als Eindringling im Paradies.

Bedauernd war ich mir meiner langen Abwesenheit bewusst.

Ein Gefühl der Heimeligkeit, schlich sich ein.

Ich bemerkte die Bank, die noch immer unter dem großen Kirschbaum stand. Sie lockte zum Verweilen.

Mit zittrigen Knien folgte ich der Emotion, mich dort niederzulassen. Inmitten der natürlichen wilden Pflanzen, vergaß ich die Zeit.

Schmetterlinge, dicke Brummer und Vogelgesang, beruhigten meine Sinne. Hier könnte ich ewig sitzen.

Zunächst richtete ich meinen Blick unverwandt auf den Berg vor mir. Bald war mir, als bewegte und näherte sich eine Gestalt den Berg hinab.

Doch das war wohl nur ein Wunschdenken meiner überspannten Nerven. Der Wind war es der die Äste bewegte und mir ein Traumbild vorgaukelte.

Ich lehnte mich enttäuscht zurück. Das Rauschen der Bäume und das Getriller der Vögel, machte mich müde und schläfrig.

Bis ein undefinierbares Geräusch meine Sinne schärfte.

Was war das? Knarrte da nicht die Gartentür?

Wie gebannt starrte ich in die Richtung.

Die Büsche bewegten sich und zum Vorschein kam =Er=.

Als er mich sah, blieb er wie angewurzelt stehen.

Sein Blick traf mich. Ungläubig zuerst, doch dann verstehend, begann er zu laufen.

„Du hier?" brachte er freudestrahlend hervor.

„Ich musste heute kommen, denn etwas Unerklärliches trieb mich hierher.

So hast du also doch noch den Weg zu mir gefunden oder kommst du aus einem anderen Grunde?"

„Nein - oh nein, ich komm zu dir, denn heute beginnt unser Leben! Nach all den Wirren, Irr - und Umwegen ist es nun soweit - heute beginnt =unsere= Zeit!"

„So willst du fortan bei mir bleiben?"

„Oh ja, ich will für immer und ewig bei dir sein - nun solange du mich ertragen kannst," sagte ich, spitzbübisch lachend.

„Oh ich werde gewiss nie mehr von deiner Seite weichen," murmelte er.

„So wird uns nichts mehr trennen," hauchte ich und breitete meine Arme aus.

„Oh meine Liebste, mein Herz, mein Leben, ich werde in deinen Armen verbrennen."

„So manches Mal habe ich gezweifelt und mit mir selbst gerungen, als ich in die tiefsten Abgründe

der geschundenen Seelenpein stürzte, weil ich mich so sehr nach dir verzehrte und verzweifelte.

Mit Selbstmordgedanken im Hinterkopf, grollend deinen Voraussagen Glauben geschenkt zu haben.

Den brennenden Schmerz, der mich zu zerstören drohte, habe ich mit anderen Frauen abgetanzt.

Wofür es jedoch keinen Vergleich, allenfalls einen Notersatz gab."

„Doch all das ist nun vergessen," sagte er aufseufzend.

„Nun ist mir im Herzen nach Jubeln und scherzen,"
sprudelte er, wie einen einzigen Jubelschrei heraus,
während er mich in seine Arme zog.
„Alles ist nun wieder gut, jetzt wo ich das Glück in deinen
Augen leuchten sehe, ist es eine Entschädigung für alle
Qualen. Jeder kommende Tag wird fortan,
wie ein ewiges Fest sein.
Doch für den Moment, finde ich nicht genug
der Worte - als mein Glück heraus zu schreien."

Kapitel 9: Trügerischer Schein

Alles ist bestens gelaufen. Ich bin ein Glückskind.

Ja der glücklichste Mann unter der Sonne.

Jetzt bin ich wohlhabend - kein Hungerleider mehr.

Alles hatte sich an diesen wunderbaren Tag verändert.

Nach einem exzellenten hohen Vorschussbetrag.

Denn der Lektor war voll des Lobes und der Zuversicht,

dass mein Buch das Zeug zu einem Renner hatte und diese

Summe das Hundertfache einbringen würde.

Niemals habe ich so viel Geld besessen.

Es erschien mir wie ein Vermögen und die Gelder würden

weiter fließen, wenn auch mein nächstes Werk ein Bestseller

würde.

Oh er hatte schon viele Details im Kopf für den folgenden

Renner. Jetzt konnte er ihr alles bieten - alle ihre Wünsche

erfüllen.

Nun wäre sie auch gewiss nicht mehr für eine Hochzeit

abgeneigt. Noch heute würde er ihr einen Antrag machen.

Für die Mutter, konnte er sich einen passablen Heimplatz

leisten. Auch für Carla eine Dienstmagd.

Er sah die Zukunft rosig und lebendig vor sich.

Mochte jubeln vor Glück.

Voller Euphorie betrat er das Haus.   Am liebsten hätte er schon vor der Haustür nach ihr gerufen.

Er wollte sie in die Arme reißen, sich mit ihr im Glückstaumel drehen.

Doch er fand das Zimmer leer und aufgeräumt.

Auf dem Tisch lag ein Brief an ihn gerichtet.

-Wenn du diese Zeilen liest, habe ich dich längst verlassen. Such nicht nach mir, denn ich werde nicht zurückkommen. Behalte unsere Zeit, als eine kleine Episode. Sei nicht erbost und halte mich nicht in allzu schlechter Erinnerung. Wie auch ich dich sehr schätze. Doch es gehört mehr als nur Freundschaft zu einer harmonischen Beziehung. Liebe ist ein ständiges

Aufopferndes geben und nehmen beiderseits.
Leider fühle ich keine kribbelnde, erotische
Anziehungskraft von dir ausgehen - die
mich beflügelt... Hass mich nicht. Behalte
dein gutmütiges Wesen, denn wir werden
uns in Zukunft, weiter über den Weg
laufen. Vielleicht gelingt es dir, mir auch
dann noch ein freundliches Lächeln zu
schenken, wie gute Freunde es tun.
In Bedauern, doch in aufrichtiger
Freundschaft und immerwährende
Dankbarkeit - Carla.
Verachte mich nicht zu sehr, denn ich werde

dich stets in bester Erinnerung behalten als unbescholtenen aufrichtigen Kumpel. –

Himmelhoch jauchzend - noch vor wenigen Minuten,
sank er in ein tiefes Loch der Gefühle.
Alles hätte so schön sein sollen.
Doch wozu nun der Reichtum? Wozu sollte er noch leben.
Erstmal eine Nacht darüber schlafen.
Er musste sein Leben umstellen - sich abfinden und ein
neues Leben beginnen.
Nein, ich werde sie niemals hassen können, dachte er schon
am nächsten Tag. Ich werde mir eine neue Prunkkutsche
gönnen und kein Fest auf dem Schloss auslassen.
Doch wenn ich ihr begegne wird mein Herz wie wild klopfen.
Doch er wird ihr nur ein kurzes höfliches Kopfnicken
zukommen lassen, als wären wir ferne Bekannte.
Was sollten ihm denn noch seine Reichtümer, wenn er sie
nicht mehr verwöhnen konnte...

Kapitel 10: Zurück ins Licht

Wir schwebten wie auf Wolken, der Wirklichkeit entrückt.
Jeder neue Morgen begann mit einem staunenden,
erleichterten Aufatmen - dem Impuls zu folgen,
das geliebte Gesicht zu betasten, ob es sich nicht
als Trugbild erweist und nicht im nächsten Moment auflösen
würde.
Acht Tage klebten wir aneinander wie Kletten - verließen
acht Tage nicht den Hof. Wir lebten von Lust und Liebe.
Bis es eines Tages an der Haustür schellte und Hermann vor
der Tür stand.
Mein Schreck war groß.
Oh je - würde es jetzt zu einem hitzigen Disput oder gar zu
einer Prügelei ausarten?
Mein Gott, er wird doch wohl nicht meinen Herkules
provozieren oder ihn gar angreifen - den durchtrainierten,
athletischen - im Kampfsport ausgebildeten Kraftprotz,
ein Ass - ein ganzer Kerl
So würde er sich eine blutige Nase holen und womöglich
seine Zähne verlieren.
Doch der arglose Hermann äußerte nur die dringende Bitte

an Günter - den Doktor, doch schnellstens seine kranke
Mutter aufzusuchen.

„Ach was bin ich erleichtert, sie hier vorzufinden,
denn alle sagen, der Doktor lebt nicht mehr hier."
Doch etwas Anderes war es, was ihn noch viel mehr
bedrückte.

„Was ich noch fragen wollte," rückte er mit seinem,
ihn noch mehr quälendem Anliegen heraus.

„Herr Doktor, man sagt: Du kannst Wunder vollbringen
und weißt alles. Kannst du nicht meine verschwundene Braut
ausfindig machen? Sie ist verschollen!"

„So - so, deine Braut ist dir also davongelaufen.
Du sprichst also von Carla? Hat sie dir denn ein
Heiratsversprechen gegeben?"

„Nein - das nicht, aber..."

„Das will ich doch meinen, denn Carla ist meine Braut.
Wir sind solange schon einander versprochen!"

„Ha - das kann nicht meine Carla sein und wenn, wo ist sie
denn jetzt?"

„Nun sie ist hier bei mir, wo sie hingehört!"

antwortete Günter, als wäre es das selbstverständlichste
von der Welt.

„Hier bei dir?" rief Hermann fassungslos.

So ein verwerfliches Frauenzimmer. Jetzt verstehe ich.
Aber warum hat sie mich solange hingehalten?"
ergänzte er, verständnislos und starrte auf die verschlossene
Tür.

„Das war es also mit uns - nur heiße Luft, die verpufft ist,
zerplatzt wie eine Seifenblase.
Nun denn, ich werde es überleben," murmelte er verstört
und wandte sich brüsk ab.
Der Worte benötigte es keine mehr. Er würde sich keinesfalls
eingestehen, dass er sich in Wahrheit noch immer nach ihr
verzehrte. Das behielt er für sich.
Ich sah den gebrochenen Mann durch das Fenster,
sah ihn durch die Büsche verschwinden.
Das Gartentor knarrte und fiel krachend hinter ihm zu.
So entschwand er aus meinem Leben.
Doch wir würden uns noch oft begegnen. Nicht als Fremde,
gleichwohl auch nicht als Freunde - man kannte sich
und grüßte sich respektvoll.

„Buh" - schnaufte Günter aufatmend, „das war eine recht
unangenehme Angelegenheit. Der arme Kerl dauert mich.
Für ihn ist eine Welt zerbrochen.
So ist es im Leben, des einen Glück ist immer des anderen
Leid!" seufzte er, als er die Tür hinter sich schloss.

„Doch nun zu dir mein Herzchen. Da wären noch ein paar Fragen offen - liebste Carla.

Es gibt noch einiges was ich nicht verstehe.

Was hat dich solange bei dem Schreiber aufgehalten? Du hättest doch viel früher zu mir kommen können?"

„Das will ich dir gern sagen. Früher war noch nicht unsere Zeit und zweitens gab es noch einen anderen Grund, der mich zum Bleiben gehalten hatte!"

Hier machte ich eine Pause, um das folgende, gebührend wirken zu lassen.

„Ja - so sprich weiter, ich höre!"

„Wolfgang war es," fuhr ich fort.

„Wie - was? Wer ist Wolfgang, etwa ein anderer Liebhaber?"

„Was denkst du von mir?" brauste ich wütend auf.

„Wolfgang ist dein Sohn!"

„Mein Sohn? Aber was redest du da? Meine Söhne sind gestorben, vor langer Zeit schon."

„Ja weist du denn nicht, das aus deiner Affäre mit der kessen Monika ein Kind erstanden ist?"

„Nein, das ist mir neu, zudem war das keine Affäre, sondern nur ein einmaliger Ausrutscher. Ich habe sie nicht verführt - sie wollte es. Danach habe ich sie nicht mehr gesehen. Oh Gott, wenn ich das gewusst hätte..."

„Ja - was wäre dann?" bohrte ich weiter.

„Ich weis es nicht. Du siehst mich ahnungslos und verwirrt.
Wie kann das alles sein, wieso ist der Junge bei Hermann
aufgewachsen?"

„Nun - ganz einfach. Hermann hat die Monika bald darauf
geheiratet. Sie hat ihm das Kuckucksei ins Nest gelegt.
Sie war seine erste Frau, die jedoch leider im Kindbett
verstorben ist!"

„Wo ist der Knabe jetzt? Ich muss ihn sehen."

„Du wirst ihn bald sehen - nun, zu gegebener Zeit,
denn er wird zu dir kommen. Sobald er seine Laufbahn
als Mediziner einschlägt, um sein Praktikum bei einem
renommierten Doktor zu absolvieren.

Doch tröste dich, er ist genauso ahnungslos wie du,
denn es ist nicht meine, sondern deine Aufgabe,
ihn diesbezüglich aufzuklären.

Noch weis er nichts von diesem Verwirrspiel."

„Was du mir hier offenbarst, erschüttert mich zu tiefst.
Doch wie kommt es, dass du alles, was damals
geschah - danach geschehen ist und was die Zukunft uns
bringt, so genau weist? Du warst doch gar nicht hier,
die ganzen Jahre.

Schon damals hast du solch geheimnisvolle - für meine

Ohren unsinnigen Dinge von Vorbestimmungen geredet,
die ich nicht verstand. Du gibst mir Rätsel auf.
Immer wieder betonst du: Die Zeit war noch nicht reif.
Woher aber weist du, wann die Zeit noch nicht reif ist?
Wie ist das zu verstehen?
So viel ich die ganzen Jahre auch darüber nachgegrübelt
habe, bin ich zu keinem Schluss gekommen.
Bisweilen erscheinst du mir so rätselhaft, als wärst du,
ein nicht weltliches Wesen."
„Ha - vielleicht bin ich ein himmlischer Spion.
Doch der Himmel wollte mich nicht mehr - hat mich
ausgestoßen, sonst wäre ich nicht hier!" schmunzelte ich,
augenzwinkernd.
„Ach ja - Spaß beiseite. Du hast recht, das ist nur schwer zu
verstehen. Doch die Lösung ist ganz plausibel.
Die Zeit musste nur exakt stimmen. Nur so konnten wir mit
der - mit unserer Person verschmelzen, denn uns kann es ja
nur einmal zur gleichen Zeit geben.
Ich bin weis Gott kein übermenschliches Wesen und in
Esoterik nicht besonders begabt.
Ich weis das alles aus den alten Schriften und nun ja,
vieles auch aus Erinnerungen, aus unseren früheren Leben.
Mal ganz ehrlich, auch du hast doch sicherlich

noch unverständliche Erinnerungsfetzen in deinem Kopf
herumschwirren!"
„Ja - jetzt wo du es sagst, entsinne ich mich tatsächlich an
viele Dinge, die ich nicht einzuordnen vermag.
Ich hielt es für Träume, die mich immer wieder
heimsuchten - für wirres Zeug, das ich als unwichtig abtat.
So erinnere ich mich unter anderem an einen Knaben
Namens -Wolfgang- oder war es ein Mann?
Der sehr lebendig in meinen Träumen wirkte.
Wir haben viel miteinander geredet. Jedoch entsinne ich
mich nicht mehr an Einzelheiten.

„Oh - Mann, ich habe tatsächlich wieder einen Sohn.
Sag wie alt ist er jetzt und wie sieht er aus?"
„Nun, er ist mittlerweile 16 Jahre und er sieht so aus, wie du
wohl mit 16 Jahren ausgesehen hast," entgegnete ich
und fasste behutsam nach seiner Hand.
Alles ist nun gut, denn alles ist so eingetroffen, wie es für uns
vorbestimmt war. Wir mussten nur geduldig warten.
So wird alles auch weiterhin eintreffen.
Obgleich ich auf einige recht unangenehme Abläufe gern
verzichten würde. Und mit viel Bedacht und Umsicht,
wissend vorausschauend, wird es mir auch gelingen,
all die fatalen, unangenehmen Verlockungen zu übergehen.

Dachte ich, doch das behielt ich zunächst für mich.

„In drei oder vier Jahren - du wirst schon sehen - werden wir eine Familie sein," ergänzte ich.

„Doch es wird nicht alles nur eitel Sonnenschein - für uns ablaufen. Denn nicht weit von uns wartet ein übler Zeitgenosse - ein abartiger Störenfried darauf, unsere heile Welt - unser Glück zu zerstören, in seiner Niedertracht und Gier nach Rache!"

Kapitel 11: Die Brücke des Teufels

Wie ein Lauffeuer sprach es sich herum, dass der Doktor
wieder im Lande ist.
Eine unglaubliche Anzahl von Patienten drängten sich vor
dem Tor und zerstörte unsere friedliche Liebesidylle.
So sah sich Günter gezwungen, einen Abstecher in die neue
Zeit zu machen, um hochwertige Arzneien zu besorgen.

Just zu dieser Zeit stand Jonny, Günters Leibdiener,
der ihm treu ergeben war, plötzlich vor der Tür.
Aufgeregt sprudelte er hervor: „Ich habe es gerade noch
geschafft, das Zeitentor zu passieren, denn ein eifriger
Geologe war dabei, Robby den Zeitenlenker, auszubauen.
Angeblich muss er gewartet werden.
Der junge Graf Günter hat mich vorgeschickt, seine Braut zu
unterstützen. Er wollte noch einige wichtige Dinge
beschaffen!"
„Was sagst du da? Ein Geologe soll das gewesen sein?
Ja warst du denn gar nicht misstrauisch? Fehlt es dir an
gesundem Menschenverstand?
Ach du naiver, gutgläubiger Trottel, dieser vermeidliche
Wissenschaftler, kann doch nur der hinterhältige Justin

gewesen sein, der wie immer bei jeder Schandtat seine Hände im Spiel hat.

Oh Gott - so sind wir schon wieder getrennt!" stammelte ich und brach in Tränen aus.

„Aber Frau Gräfin, erzürnt euch nicht unnötig.

Noch wissen wir ja nicht, ob der infame Justin dort oben sein Unwesen treibt!"

„Ha - ich bin nicht die Frau Gräfin wie du glaubst.

In zwei Wochen erst, sollte unsere Hochzeit sein.

Eine Hochzeit ohne Bräutigam," fügte ich spöttisch hinzu.

„Aber du hast recht, ich sollte mich selbst überzeugen, was dort oben merkwürdiges geschiet," lenkte ich ein.

„Stärke dich zuerst. Ich habe einen Apfelkuchen gebacken.

Die Obstbäume tragen reichlich Früchte. Die Pflaumen und Pfirsichbäume kannst du später abernten."

„Nein Frau Gräfin, ich habe keine Ruhe, lasst uns auf der Stelle aufbrechen!" sagt Jonny aufgeregt.

„Ja du hast recht, wir dürfen keine Zeit verlieren.

Vielleicht ist es noch nicht zu spät und wir können den perversen Schandtäter noch aufhalten.

So lauf nur schon, ich folge dir gleich."

So begab ich mich, nur Minuten später auf den Weg zum Zeitentor.

Wie ich befürchtet hatte, war der gute alte Robby verschwunden. Der listige Justin konnte noch nicht weit sein. Vermutlich beobachtete er uns noch teuflisch grinsend und geilte sich an unserem Entsetzen und unserer Hilflosigkeit auf.

Der Zeitkanal war - leer, hatte somit seine Funktion als Beförderer verloren.
Keiner kann nun noch die Zeiten wechseln.
Ratlos - erschüttert, die abscheuliche Bescherung betrachtend, starrten wir in die verlassene Höhle.
Jetzt bist du zu weit gegangen.
Verflucht seist du - satanische Ausgeburt der Hölle.
So kriegst du mich nie...
„Oh, wie ich dich verabscheue. Aber du wirst meine Rache tausendfach zu spüren bekommen," rief ich, bebend vor unbändigem Zorn und verzweifelter Ohnmacht in das steinerne Gewölbe.
Es schallte gespenstisch zweifach von den Felsmauern zurück. Sodass ich vor meiner eigenen Stimme erschrak. Alles war in ohnmächtigem Groll und aufgepeitschten Emotionen herausgeschrien - doch wohl vergebens.
Mir war, als hörte ich ein höhnisches Lachen, als Antwort aus den Tiefen der Höhle schallen.

Ich war am Boden zerstört. Alles hatte so schön begonnen
und nun dieser tiefe Fall ins Nichts.

Alles - unsere gemeinsame Zukunft, verband jetzt nur das
Wirken von Robby. Ohne ihn waren wir getrennt,
wie auf verschiedenen Planeten, fern und doch so nah.

Niemals habe ich den kleinen, eisernen Zauberkasten
mehr vermisst, als eben jetzt.

„Es ist zum wahnsinnig werden," murmelte ich verzagt,
als meine Blicke die Büsche und Felsgesteine absuchten.

Doch unsere Suche waren vergebens.

Unverrichteter Dinge machten wir uns schließlich auf den
Rückweg.

Doch das Leben ging weiter.

„Komm Junge, setz dich an den Küchentisch und iss deinen
wohlverdienten Kuchen. Dann kannst du mir alles, wie es
derzeit auf dem Schloss zugeht berichten."

Während die Kaffeemaschine blubberte und ich ihm ein
großes Stück Kuchen meines Gebäcks servierte,
begann er zu erzählen.

„Die alte Gräfin, also die Mutter des jungen Grafen,
ist mittlerweile recht unleidlich geworden.

Doch selbst mit 90 Jahren führt sie noch ein strenges
Regiment. Sie hat mich gar nicht gerne gehen sehen.

Oh wie bin ich froh, ihrer eisernen Hand entkommen zu sein. Denn wisset, eigentlich bin ich ja der Leibdiener des jungen Grafen," betonte er.

„Ja ich weis, ich kenne die Umstände, die dich ins Schoss geführt haben." sagte ich beiläufig, nachdem ich uns den dampfenden Kaffee eingeschenkt hatte.

„Der Garten ist nicht genutzt, wie ich sehe," bemerkte er schmatzend, bei einem Blick aus dem Fenster.

„Ich werde ihn roden und im Frühjahr, Kartoffeln, Bohnen, Möhren, Gurken und Tomaten pflanzen."

„Ja, ja mach nur alles wie du es für richtig hältst, doch vorerst haben wir ganz andere Sorgen.

Wir dürfen dem infamen Justin nicht allzu viel Zeit lassen, sein mieses Werk zu vollenden, er darf sich nicht zu sicher fühlen."

Nach dem Abendessen sagte ich zu Jonny, „Du kannst dich in der Kammer vor dem Treppenaufgang einrichten,
da findest du alles was du brauchst.

Hier ist jetzt dein neues Zuhause, bis wir dir dein eigenes Reich und deinen wohlverdienten Alterssitz - dein eigenes Blockhaus bauen. Nun wünsche ich dir eine gute Nacht."
Verabschiedete ich mich von ihm und zog mich
in die Wohnstube vor den Fernseher zurück.

Eine Errungenschaft aus der neuen Zeit und der Elektrizität, die noch auf das Wirken Justins, dem Superhirn geschaffen war. Zudem hatten wir kaum Empfang.
Ein Storch hatte sich ausgerechnet unser Dach mit der willkommenen Schüssel zum Nestbau ausgesucht.
Denn unsere Empfangsschüssel war gen Himmel ins All gerichtet.
Denn in unseren Köpfen, lag die Zukunft hoch über uns, während die Vergangenheit in den tiefsten Tiefen unter uns schlummerte ...
Darüber hinaus irritierten unsere riesigen Antennen und Empfangsschüsseln auf dem Dach, die Nachbarn schon zur Genüge und gaben Anlass zu allen möglichen Spekulationen.
Doch ich sah nichts von dem ablaufenden Programm.
Zu ungeheuerlich war das Geschehen des Tages, welches alles mit einem Schlag vernichtet hat.
Ich grübelte die halbe Nacht, was nun als nächstes zu tun wäre. Doch was sollte ich tun?
Die Situation war aussichtslos und niederschmetternd.

Übermüdet und vergrämt machte ich mich lustlos ans Tageswerk. Hatte ich erwarte, Jonny schon in der Küche wartend vorzufinden, so sah ich mich getäuscht und pochte energisch an seine Kammertür.

„Aufstehen du Faulpelz." Doch es rührte sich nichts,
die Kammer war leer.

Auch im Hof und Garten war er nicht zu finden.

Ein böser Verdacht regte sich in mir. Meine Gedanken
überschlugen sich.

Sollte er sich in seinem Groll auf den Übeltäter,
allein auf den Berg zu der Höhle begeben haben?

Oh je, das könnte nach hinten losgehen.

Der gutmütige, rechtschaffende Jonny ist dem tückischem
Justin in keiner Weise gewachsen, falls sie tatsächlich
aufeinandertreffen - sich begegnen.

Zu allem Übel könnte ich auch noch meinen letzten
Vertrauten und Beschützer verlieren.

Kopflos, in aller Eile, machte ich mich selbst auf den Weg.

Nicht weit von der Höhle entfernt, sah ich Jonny,
über einen leblosen Körper gebeugt.

Im Näherkommen sah ich - der Leichnam war Justin.

„Was um Gotteswillen hast du getan, du Narr,"
keuchte ich entsetzt.

„Ich habe ihm nur einen wuchtigen Fausthieb verpasst,
nur einen Kinnhaken - und dann..."

„Ja was dann, von einem Kinnhaken stirbt man doch nicht!

Oh Jonny, jetzt werden wir niemals erfahren, wo er den
Robby verborgen hat. Warum musstest du ihn gleich
umbringen?

„Ach der ist doch gar nicht tot. Der schlummert nur selig.
Ich habe ihn nur ins Land der Träume befördert.
Nun müssen wir ihn schnellsten fesseln.
Wenn er aufwacht, muss er fest verschnürt sein.
Sodann werden wir ihn in den Keller verfrachten.
Dort bleibt er solange, bis er den Aufenthalt,
Robbys preis gibt.
Hier ist mein Seil, fasst mit an, denn jetzt muss alles schnell
gehen!"

„Oh - wo hast du das denn aufgetrieben - das ist ja der
berüchtigte Kabelbinder, der - je mehr man daran zieht,
immer fester einschnürt."

„Ja so ist es. So, nun ist es perfekt. Jetzt noch die Beine
binden und er ist hilflos wie ein Baby!"

Wir schleiften ihn keuchend vor Anstrengung den Berg
hinab, trugen ihn über den Fahrweg - durch den Garten
ins Haus.

Noch rührte er sich nicht. Doch als er im tiefen Keller
auf Kartoffelsäcken sein Quartier bezog, begann er sich zu
regen.

„Nun lasst mich allein mit ihm. Was jetzt folgt, ist nichts für eine zarte Frau wie euch".

„Wo hast du den Robby verscharrt? Gestehe!"
begann Jonny, das Verhör und traktierte den Hilflosen mit einem Besenstiel.

„Bah - du Lakai, du Speichellecker der verkommenden Sippe. Du glaubst doch nicht im Ernst, ich würde dir den Ort verraten? Nur zu, du kannst mich töten, von mir erfährst du kein Wort, solange du mich hier gefangen hältst!"
fauchte der Gefangene zwischen den Zähnen hervor.

„Wie du willst, wir werden ja sehen, wie lange du es durchstehst.
Ich werde dich schon weichkochen du Scheusal.
Ich lasse dich jetzt allein und komme morgen wieder.
Einen schönen Tag noch!" zischte Jonny böse, löschte das Licht ließ den Renitenten allein und ließ die Tür krachend hinter sich zufallen. Wonach er zur Sicherheit, noch den Riegel vorschob.

„Was hat er gesagt?" fragte ich hoffnungsvoll.

„Nun, wie ich befürchtet habe, weigert er sich noch, aber der wird noch reden," knurrte er grimmig und verließ wutschnaubend die Diele.

Wenig später sah ich ihn im Garten wüten. Er muss sich

abreagieren.

Wenn es um seinen Schützling ging, kannte er kein Erbarmen, dann konnte er zum Monster werden, dachte ich und ließ ihn sich austoben.

Kapitel 12: Die dunkle Seite des Lichtes

Wieder einmal war ich allein. Nur wenige Wochen waren uns vergönnt. Wie schon viele Male zuvor, konnte mich mein Liebster nicht erreichen.

Wie kann das sein?

Davon stand nichts geschrieben. Dennoch ergab es einen Sinn.

Justin war ein unvorhergesehener Eindringling, er gehörte nicht in diese Zeit, denn im vorigen Leben, hatten wir uns zu dieser Zeit noch nicht gekannt.

Er war ein Eindringling - ein Störenfried.

So veränderte er die Vergangenheit und somit auch die Zukunft.

„Wir müssen ihn mit Wasser versorgen," mahnte ich Jonny, am späten Abend.

„Wenn er morgen und die nächsten Tagen weiterhin den coolen, Widerspenstigen spielt, dann werde ich es noch einmal im Guten versuchen!" rief ich Jonny noch nach, als er sich zur Ruhe zurück zog.

Ich wollte es auf die sanfte Tour versuchen, und ihm ins Gewissen reden.

Doch als ich ihn bei meinem Eintreffen hämisch grinsend sah,
überfiel mich augenblicklich der alte Groll.

„Stell dich deiner miesen Schandtat, du erbärmlicher Feigling
oder glaubst du auf solch steinzeitliche Art eine Frau erobern
können?

Du kannst mir fast leidtun," zischte ich, verachtungsvoll.

Doch es brachte nichts. Nicht mal ein verzeihendes Grinsen
oder Schulterzucken von ihm.

Justin gefiel sich weiterhin in der Rolle als Märtyrer und
verharrte in stoischer Ruhe.

Obgleich wir ihm nur Wasser und Brot, Pellkartoffeln und
Äpfel zukommen ließen.

„Bah - diesen Fraß könnt ihr gleich wieder mitnehmen,
bis auf die Äpfel. Ich kann warten - Tage Wochen, Jahre.

Ich habe es gelernt, in der langen Zeit im Weltraum zu
überleben," grummelte er verbissen.

An Finanzen mangelte es mir keineswegs.

Doch fehlte es mir an Macht, eine Großrazzia zu
organisieren. Gleichsam war es fragwürdig.

Selbst wenn ich vor dem verhassten gräflichen Onkel
zu Kreuze kriechen und um Hilfe bitten würde,
brächte es nicht den gewünschten Erfolg.

Denn sie alle ahnten nichts von Robbys Existenz.

Diesmal lag der Fall anders. Alles war anders.

Wie könnten wir die gesamte Gendarmerie damit beauftragen, den ganzen bewaldeten Berg, womöglich mit Spürhunden absuchen zu lassen.

Wen sollten sie suchen - einen Roboter?

Der jedoch war nicht nur ein gewöhnlicher Roboter - keine programmierte Blechmaschine, es war der mystische Zeitenlenker - unser Zauberer im Reich der Fantasie.

Keiner würde unseren Zaubergenie verstehen und gebührend zu achten und zu wertschätzen wissen!

Während ich mich schlaflos im Bett wälzte, kamen mir unzählige Schandtaten des Grafen in den Sinn.

Das Stammesoberhaupt, dieser intrigante Oberindianer der Geckenschar, die bisweilen im Schloss flanierte, sollte schon lange meine Rache zu spüren bekommen.

Doch auch ohne Eingreifen meinerseits, würde er mehr als genug an Strafe erhalten.

Allerdings war das alles ja in diesem Leben noch gar nicht geschehen und musste gar nicht erst stattfinden.

Wenn ich es vorher wusste, konnte ich dem besonnen und vorausschauend entgegensteuern.

Ebenso konnte ich ihn nicht für seine infamen Schandtaten
ahnden und verurteilen, die er noch gar nicht begangen
hatte.

Denn bisher hätte er sich mir gegenüber anständig
benommen. Gleichwohl hatte er meinen tiefsitzenden Groll
gegen ihn nicht verstehen können.

Nun jedoch saß er am längeren Hebel, denn er besaß
die Macht, die ich so dringend brauchte.

Ebenso wenig hätte er es verstehen können,
dass eigentlich nicht seinem verschwundenen Neffen,
sondern vielmehr einem Blechwesen - einem hirnlosen
Roboter die Suche galt.

Seine Männer würden die Suche nicht ernst nehmen,
sondern über die fragwürdige Angelegenheit nur lachen,
war mir klar.

Einen Chaoten wie Justin im Keller zu horten, bedrückte mich
auf die Dauer.

Ich wollte ihn loswerden, um wieder frei atmen zu können.

Tagelang grübelte ich, wie ich den kriminellen Zeitgenossen
loswerden könnte. Ihn freizulassen kam nicht in Frage und
würde das Problem noch verschärfen.

Nach vielen Überlegungen, erdachte ich mir eine List,
denn so konnte es nicht weitergehen.

So ließ ich eines Morgens, eines der Pferde von Jonny satteln.

Die Kutsche würde zwar mehr Eindruck machen, dennoch würde ich auch so mein Ziel erreichen.

Für meinen Auftritt im Schloss, hatte ich mich sorgfältig gekleidet.

In einer wertvoll bestickten, eng taillierten Jacke, in einem königlichen Weinrot. Der Rock dazu war fließend lang und im Hinterteil aufgebauscht - der letzte Modeschrei, recht albern in meinen Augen.

Dazu gehörte ein eindrucksvoller Hut. Auch wenn ich mich

um die derzeitige Mode nicht scherte, war mir doch ein
großer Auftritt wichtig.

Selbst den ungewohnten Hut, hatte ich sorgfältig
ausgewählt. Er war ebenso, wie mein Kostüm in der gleichen
Farbe, in dunkelrot und ein vortrefflicher Kontrast zu
meinem blond leuchtendem Haar - das ich ausnahmsweise
offen trug.

Eine Amazone mit wehendem Haar, wie eine Fahne im Wind.
Auf dem Pferd jedoch erwies sich meine Aufmachung,
als recht lästig.

„Ich wünsche den Grafen zu sprechen," verlangte ich
energisch, als mir ein Pferdebursche, lüstern glotzend,
vom Pferd half.

„Wie die Dame wünschen. Wen darf ich melden - edle
Dame?"

„Gräfin von Elzen," rutschte es mir heraus.

Sollte der Graf nur denken, dass wir bereits den Ehestand
vollzogen haben. So würde er mir nichts abschlagen
können.

Erstaunt über meinen überraschenden Besuch, säuselte er
in übertriebenen Tönen: „Welch ein Licht in meiner
bescheidenen Hütte so komm in meine Bibliothek,
du musst wissen, das ist mein Lieblingsraum,

wo ich allzeit ungestört bin."

Sodann öffnete er die Vitrine.

„Ein französischer Cognac ist deiner würdig," murmelte er und schenkte uns zwei Gläser der goldenen Flüssigkeit ein.

„Was hast du auf dem Herzen, Sonnenstrahl meines Lebens," fuhr er fort, „wenn es in meiner Macht liegt, werden wir deine Kümmernisse schon aus der Welt schaffen," prahlte er großspurig, um dann fortzufahren.

„Sicher kommst du nicht aus Sehnsucht nach mir alten Gockel?" ergänzte er - polternd lachend.

„Oh dein Charme ist umwerfend, spöttelte ich, tatsächlich aber komme ich in einer abscheulichen Angelegenheit."

„So - so, na mein Neffe - dein Gatte wird dich doch nicht verärgert haben? Was könnte ein rassiges Weib wie dich, sonst aus der Fassung gebracht haben?"

„Nein - oh nein, wenn es nur so wäre,
doch es ist alles viel schlimmer, ja geradezu abartig,
was geschehen ist."

„Du machst mich Neugierig. So erzähle doch endlich, was so Schreckliches geschehen ist!"

„Ach der kriminelle Justin, der außerirdische Halunke, du weist schon wen ich meine.
Also der ist wieder aufgetaucht und belästigt mich.

Soviel ich weiß, besitzt ihr noch immer euren Kerker,
dort wäre er gut aufgehoben bis zum Prozess."

„Nun gut, doch, wenn er dich belästigt, ist es Günters
Aufgabe, ihm Einhalt zu gebieten." entgegnete der Onkel,
bedenklich den Kopf wiegend.

„Ach das ist ja noch lange nicht alles, was mich bewogen hat,
deine Hilfe zu suchen. Du erinnerst dich an den mysteriösen
Vorfall vor etwa 10 Jahren?

Denn er war es, der den ehrenhaften Richard damals getötet
hat. Er bedarf einer gerechten Strafe.

Doch damit nicht genug. Zeitgleich ist seit seinem erneuten
Auftauchen mein Günter verschwunden.

Es sollte mich nicht wundern, wenn er auch ihn,
kaltblütig und heimtückisch beseitigt hat.

Er gehört eingesperrt, denn er ist äußerst
gefährlich und sittenlos.

Mein Günter fehlt mir so sehr!" wisperte ich und brach
in Tränen aus.

„Wo ist dieser gefährliche Verbrecher?"

„Zurzeit sitzt in unserem Keller fest. Ihr könnt ihn auf der
Stelle aufgreifen und festnehmen!"

„Oh das ist gut, ich werde sogleich alles zu seiner Festnahme
veranlassen, ich werde dafür sorgen, dass er die Sonne

nicht mehr sieht!"

In höchste Aufregung sprang er auf und verließ den Raum.
Darauf hörte ich ihn einige Namen brüllen.

„Verständigt auf der Stelle die Gendarmerie. Ein Vöglein ist
uns ins Netz gegangen," bellte er lauthals seine Befehle.

„Sorge dich nicht mein Engel, der wird dich nimmermehr
belästigen mein Schätzchen, du solltest zunächst
hierbleiben!" fügte er hinzu.

„Herta, führe unsere neue Verwandte in ihr Reich.
Abends werden wir uns zu einem Plauderstündchen
zusammensetzen, doch jetzt muss ich zur Tat schreiten!"

Allein in den anheimelnden Räumen, die mein Liebster
einst bewohnte, überkamen mich noch einmal allerlei
Schauermärchen des nun so gütigen Schauspielers.
Oh wie er sich verstellen kann, dieser Schurke.
Unzählige Schandtaten die kaum zu glauben sind,
gingen auf sein Kommando.
So hatte er mich hinterhältig getäuscht, mich mit einem
Schlaftrank betäubt und an einen befreundeten Fürsten
verkauft - im Gegenzug für ein paar rassige Stuten.
All das war hier auf dem Schloss geschehen, in eben diesen
Räumen, in denen ich mich gerade befand.
Er hatte alles raffiniert eingefädelt, meinen Liebsten

getäuscht, indem er ihn zu einem angeblich dringenden Krankenbesuch schickte.

Sodann seine Abwesenheit genutzt, um sein teuflisches Unterfangen auszuführen.

Eigentlich sollte dieser blaublütige Grandseigneur ein Vorbild sein.

Doch er hatte mir mehr als nur einmal übel mitgespielt.

Was ich durch seine Raffinessen sonst noch alles erdulden musste, übertraf die Toleranzgrenze derber Streiche um ein vielfaches.

So musste ich stündlich mit einer versteckten - gut getarnten Übeltat rechnen.

Das alles jedoch war bisher nur in meinem Kopf zurückgeblieben.

Doch wenn ich stets klug, besonnen und wachsam bleibe, würde es vielleicht niemals geschehen.

Was Stunden später geschah, war mit Sicherheit kein belustigendes Schauspiel, eher ein erniedrigendes Drama, dass sich vor meinen Augen abspielte.

Wenngleich der gefesselte Übeltäter, hocherhobenen Hauptes - überheblich - hochmütig grinsend, von seinen Peinigern gestoßen, daher stolperte.

Eine Szenerie, die ich von meiner sicheren Warte,

aus dem Fenster verfolgte und mir gerne erspart hätte.

Die groß angelegte Suchaktion nach meinem Günter, die bald folgte, war im Grunde ein gewaltiges Missverständnis. Denn es galt ja einzig den Halunken, der uns im Wege war, festzusetzen. Alles Weitere war unsere Aufgabe.

Die Zeit auf dem Schloss war mir recht unbehaglich, denn ich musste in besonderer Vorsicht taktieren und mich zurück halten.

Wenn meine Unruhe und mein überschäumendes Temperament auch zu explodieren drohte.

Denn in jeder Handbewegung des Grafen, sah ich ein Täuschungsmanöver.

Mein Magen rebellierte. In meinem Argwohn, womöglich ein Betäubungspulver von seinen Schergen und Handlangern in Speisen und Getränken gestreut, zu verzehren, während er selbst sich im Hintergrund hielt - wagte ich kaum zu essen.

Gegen den Durst, holte ich mir Wasser direkt aus den Eimern in der Küche - die mit frischem Brunnenwasser gefüllt waren. Was die Köchin mit unverständlichem Kopfschütteln registrierte.

Kapitel 13: Trügerischer Schein

Ich weis nicht, auf welche Art der Kerkermeister, Justin dazu
gebracht hat, zu reden.
Diese Nachricht breitete sich in Windeseile aus.
Doch was er sagte, brachte mich zum Lachen.
„Diese modrige, stinkende Gruft ist doch Strafe genug
und dreifach gesichert. So erlasst mir doch meine Ketten.
Dann werde ich alles gestehen, was ihr wollt!"
„Oh, einen Moment - schickt nach dem Grafen, er soll dabei
sein!" befahl er den Wärtern.
Der Graf erschien nur wenige Minuten später - kurzatmig mit
rotem Gesicht und Schweißperlen auf der Stirn.
„Nun rede endlich, du Hundsfott," polterte er ungeduldig.
„Ich rede nur, weil ich selber es will und nicht etwa aus
Respekt vor dir. Du bist doch nur ein hirnloser Schmarotzer,
„Halt dein Schandmaul du stinkender Dreckshaufen,"
erboste sich der Graf und schlug wutentbrannt
mit der Pferdepeitsche auf den hämisch Grinsenden ein.
Der jedoch fing den Prügel geschickt mit der Hand ab,
riss ihn, dem Verblüfften aus den Pranken und warf ihn,
teuflisch lachend von sich.

„Schluss jetzt der Frotzeleien," brüllte der Kerkermeister.
„Rede jetzt oder dir werden umgehend wieder die Ketten
angelegt."

„Nun ja," begann er zögernd, doch wohlüberlegt zu reden.
„Es ist zu einem Kampf gekommen, zwischen dem Dok und
mir. Wir haben gerungen - dort oben, zwischen den Felsen.
Dabei ist er gestürzt und hat sich den Hals gebrochen,"
spann Justin und machte eine Pause.

„So - so und dann? Wie ging es weiter?"

„Dann habe ich ihn verbuddelt, da oben im Berge
wo die Höhle ist.

Ich kann euch die Stelle genau zeigen - oder fürchtet
ihr meine Flucht, trotz eurer Garnison, die ihr anscheinend
zu meiner Bewachung benötigt! So bin ich besser bewacht,
als einst Napoleon."

„Ja du hast es erfasst du Schurke, eine Flucht wäre sinnlos,
denn meine Männer haben Schießbefehl!
Also, morgen Früh geht es los und mach keine Faxen
Bürschchen, sonst ist es dein Ende."

Weit aus dem Fenster gelehnt, verfolgte ich den Aufmarsch.
Er war nicht mehr der stets gepflegte weltmännische
Dandy - das Urbild des cleveren Erfolgstypen, der nun mit
struppigem Bart und langem Zottelhaar, eskortiert von einer

ganzen Armee eingeschlossen war.

Doch auf mich wirkte er unheimlich maskulin, ja geradezu fühlbar erotisch.

Als ein verächtlich anmaßender Blick sich in die Höhe richtete und mich streifte, war mir, als sah ich ein winziges Augenzwinkern aufblitzen, welches mich körperlich traf.

Beinahe drängte es mich in seine Arme, hätte er sie jetzt für mich ausgebreitet?

So war es die immerwährende Anziehungskraft, die noch immer von ihm ausging.

Die letzten Worte von ihm rüttelten mich auf.

Was trödelte ich hier herum.

Wir müssen ihnen zuvorkommen, ehe sich die ganze Truppe in Gang setzte und es von Soldaten und der Gendarmerie im Berge wimmelte.

In Windeseile verließ ich das Schloss.

Mein Pferd fand ich, wie nicht anders erwartet im Stall inmitten der Zuchtpferde, neben der wertvollen Zuchtstute, deren rassiges Fohlen - welches Jahre später das Licht der Welt erblickten würde, mir der Onkel kurz vor seinem Ableben, großmütig schenkte. Als Wiedergutmachung und dem Reinwaschen seiner Sünden, bevor er seinem Herrgott gegenübertreten würde.

„Ich brauche sie nicht mehr auf meinem letzten Weg
zu meinem Schöpfer," würde er sagen.
Das jedoch würde erst später geschehen.

Ich erreichte den Berg, lange bevor die Truppen sich in
Bewegung gesetzt hatten. Denn alles musste in preußischer
Gründlichkeit ablaufen.
Der Marsch des Fußvolkes würde mehr, als einen halben Tag
in Anspruch nehmen.
Ein abtrünniger Diener des Grafen, ein alter Freund
von Jonny, der wegen seiner Andersartigkeit stets Spott
und Hohn erfuhr. Jener Bedauernswerter, der schon lange
den Jonny heimlich anhimmelte, hatte sich auf unserer Seite
geschlagen und zu uns bekannt.

Auf dem Berg traf ich auf die Beiden.
„Uns bleibt nicht viel Zeit für die Suche nach Robby.
Die Zeit drängt. Wir müssen jeden Stein umdrehen,
jeden Busch durchsuchen," rief ich den beiden Männern zu
und machte mich sogleich selbst auf die Suche.
Um meinen verworrenen Geist zu beleben, suchte ich den
frischen Bergbach auf. Während ich mir das eiskalte Wasser
ins Gesicht spritzte, bemerkte ich etwas Seltsames.
Ich stutzte. Was um himmelswillen war das?

Aus dem Grund des Baches, glühten mir zwei große, starre Kulleraugen entgegen.
Völlig hilflos - den rauschenden Wasserstrom über sich dahinziehen sehend.

„Hier ist er, endlich haben wir ihn gefunden," jubelte ich, während ich nach ihm griff und wie ein Baby selig an mich drückte.

„Wir müssen ihn sofort in Sicherheit bringen.

Zieh deine Jacke aus, Jonny, eil dich, keiner darf dich mit ihm sehen.

Die ersten Reiter des Suchtrupps können jeden Moment auftauchen. Ich werde solange warten, bis sie erscheinen.

Bring ihn zunächst in den Kaninchenstall - der ist so klein, dass keiner darin nach Günter suchen wird.

Denn die Suche der Truppe galt ja allein dem verschollenen Günter."

So war unsere Mission glücklich beendet.

Wir hatten unseren Vermissten in Sicherheit gebracht.

Obgleich die Suche ja jemanden anderen galt.

Was uns jedoch nicht mehr interessierten sollte.

So mögen die Bluthunde den ganzen Berg umkrempeln, doch meinen Liebsten niemals finden.

Denn er war ja gar nicht hier, sondern wohlbehalten in einer anderen Zeit.

Bald belebte sich der Platz. Laute Stimmen und Hundegebell, zeugten von ihrer Ankunft.

Selbst der Graf war unter ihnen.

„Aber was tust du hier Mädchen, unter den rauen Männern?" fragte er verwundert, als er mich sah.

„Oh, liebster Onkel, wie könnte ich nicht dabei sein,

wenn man meinen Liebsten findet," heuchelte ich weinerlich und hängte mich wie Schutz suchend bei ihm ein.

„Ja, so ist es gut, bleib nur artig bei mir, bei mir findest du immer Trost und eine Schulter zum Anlehnen und Ausweinen. Ich werde dich künftighin beschützen. Dir wird kein Leid mehr geschehen - solange es mich gibt," raunte der Onkel, mit bebender Stimme - ergriffen von seinen eigenen Worten.

Er fasste mich um die Schulter und drückte mich an sich. Oh du schleimiger Heuchler - welch eine verlogene Schmierenkomödie, du bist es doch, vor dem man mich schützen sollte, dachte ich unbehaglich.

Doch laut sprach ich: „Aber sag Onkel, könnte es nicht sein, dass mein Liebster nur oberflächlich verscharrt ist und noch lebt?"

„Hm - schon möglich - doch ich glaube eher ...“

„Das ist doch mein Reden!“ mischte sich Justin ein, der zwischen den Gendarmen hervorgetreten war.

„Es kann tatsächlich sein, dass er noch lebte, als ich ihn in der Höhle mit Gestrüpp und Laub bedeckte," fügte er heftig nickend hinzu.

„Was - in die verrufene Todeshöhle hast du ihn geschleppt? Aber wie bist du wieder hinausgelangt?

Kaum einem ist es je gelungen, die Höhle wieder lebend
zu verlassen!"

Alles was Justin jetzt von sich gab, war listig, berechnend
und wohl durchdacht.

„Das mag wohl so sein, bei normalen Sterblichen.
Ich jedoch kann das. Soll ich ihn nun holen - oder nicht?"

„Nun gut, wenn das keine neue Hinterlist von dir ist,"
brummte der Graf, allmählich seine Geduld verlierend.

„Männer, nehmt ihn aufs Korn - richtet die Waffen auf ihn,"
bellte er lautstark.

Mit einem Satz sprang Justin nun in die Höhle und wart nicht
mehr gesehen.

Ungläubig starrend, verharrten die Männer vor der Höhle.
Nicht einer von den sonst so mutigen Kerlen,
wagte sich hinein. Ein Stimmengewirr aus hundert Mäulern
belebte den Platz. Bis in die schwarze Nacht umstrichen
sie das düstere Gewölbe.

Einige Unermüdliche, warfen brennende Fackeln hinein,
um die steinerne Grote zu beleuchten. Ohne auch nur einen
Fuß in die sagenumwobene Höhle zu setzen.

Doch sie sahen nichts, außer gruselige, bizarre Felswände.
Bis die Aktion schließlich abgebrochen wurde.

Nur eine Handvoll hartgesottener Männer, wurden zur

weiteren Bewachung vor dem Eingangstor abgestellt,
dort wurden sie am nächsten Tag abgelöst.

Ich hatte mich längst aus den Pranken des Onkels gelöst
und unbemerkt zurückgezogen.
Zuhause wartete eine heikle Aufgabe auf mich,
Robby musste wieder aktionsfähig gemacht werden.
Wer weis, welchen Schaden er durch den tagelangen
Wassereinfluss genommen hatte!
In aller Eile stolperte ich durch die dunkle Nacht
in die Morgenstunde.
Ich wusste das die Suche auch vor unserem Anwesen
nicht haltmachen würde. So war höchste Eile geboten.

„Ich hoffe Robby, hat keinen ernsthaften Schaden
genommen," sagte ich zweifelnd, während ich von ihm
ein kaum sichtbares Nicken und Rollen seiner Augen erhielt.
„So hört Jungs, der Justin ist doch tatsächlich aus seiner
Gefangenschaft ausgebrochen. Durch die Flucht in die Höhle,
in die es keiner wagte, ihn zu verfolgen.
So kann er nun, weiter sein Unwesen treiben, wir haben
niemals Ruhe vor Ihm!"
Ich hätte freilich mit Jonny - ein paar Schweißhunden
und mit Taschenlampen die Höhle absuchen können.

Doch ich wusste, so hätten auch wir unweigerlich
den Ruf unter den abergläubischen Zeitzeugen,
ebenfalls Außerirdisch zu sein.
Zumal die riesigen Satelitenschüsseln auf unserem Dach,
die Nachbarn schon zu allen möglichen Spekulationen Anlass
gaben.
„Aber die Höhle wird doch gewiss weiterhin bewacht,"
setzte Jonny entgegen.
„Ha - weist du denn nicht, das die Höhle noch einen anderen
Ausgang hat, durch den er auf die andere Bergseite
gelangt?"

Alles war auf Null.
Doch wir hatten was wir wollten und zogen uns in die
geräumige Küche zurück. Dort nahmen wir uns Robby
gründlich vor - untersuchten und hätschelten ihn wie einen
Kranken, was er sichtlich genoss.
Nachdem wir keinen Makel an ihm entdeckten, setzten wir
ihn vor den glühenden Ofen zum Austrocknen.
Danach massierte ich seine Gelenke mit einem guten
Motorenöl, bis er glänzte. „Oder magst du lieber Lebertran?"
fragte ich kichernd, bevor wir Robby wieder an seinen
angestammten Platz befördern konnten, musste er wohl

noch eine Nacht und einen Tag im Kaninchenstall verborgen
bleiben.

Denn die aufdringlichen Gendarmen nahten bereits
am nächsten Morgen.
Ignatz der Überläufer, unser Neuzugang, betrachtete
unsere Sorge um Robby mit Unverständnis und großem
Erstaunen.
Am wenigsten konnte unser neuer Mitbewohner, das ganze
Prozedere um das Blechgestell, das nur wie eine
neumodische Puppe mit den Augen rollen und seine
zangenartigen Greifer rühren konnte, verstehen.
Denn wir hatten ihn ja niemals über den Zweck
und die Fähigkeiten Robbys aufgeklärt.
Ebenso wenig über das mystische Wundergeschehen
der Höhle - des Zeitenkanals.

In aller Frühe pochten sie an die Tür, um selbst hier ihre
Suche fortzusetzen, wobei die Empörung unsererseits ihnen
nur ein Kopfschütteln abverlangte.
Sie hatten Befehl von Oben, auch unser Haus zu
durchsuchen, um jede Möglichkeit auszuschließen.
„Glaubt ihr etwa, wir hätten unsere Hände im Spiel,"

erboste sich Jonny ärgerlich.

„Wir glauben gar nichts, wir haben lediglich den Auftrag alles abzusuchen," grummelte der Hauptmann, rückte pflichtbewusst Schränke beiseite und bückte sich, um auch unter den Betten nachzuschauen.

„Sie müssen schon entschuldigen Frau Gräfin, doch es ist unsere Pflicht nichts auszulassen."

„Ja ist schon gut Junge - so tun sie nur ihre Plicht, doch das alles ist vertane Zeit!"

Durch das Fenster sah ich weitere Männer, Büsche und Sträucher inspizieren. Einer stieg gar in den Hühnerstall, wobei die gackernde Schar ärgerlich auseinander stob und der stolze Hahn ihn wütend angriff.

„Buh, das ist ja ein wilder Bursche," schnauzte er prustend. Den kleinen Hasenstall können wir uns ersparen, stattdessen werden wir den Pferdestall gründlich unter die Lupe nehmen.

Als sie endlich schulterzuckend abzogen, atmeten wir erleichtert auf. Während der Hauptmann sich entschuldigend an mich wandte.

„Nichts für ungut Gräfin, wir hätten ihnen diese unwürdige Prozedur gerne erspart. Selbstverständlich wussten wir, dass wir hier nichts finden - aber Befehl ist Befehl!"

erklärte er, gestenreich, ihr Verhalten bedauernd
und verneigte sich ein wenig übertrieben.
Nun drängte es mich, Robby wieder an seinen
angestammten Platz zu befördern.
Nachdem wir ihn an das Schaltmodul angeschlossen hatten,
gingen wir dazu über, das Zeitentor stets von mindestens
einem der Männer bewachen zu lassen.

Kapitel 14: Der verspottete Graf

Diese außergewöhnliche Aktion, hatte bei der Bevölkerung
großes Aufsehen erregt und heikle Einzelheiten unter die
Klatschmäuler verbreitet - welche sich erlebnishungrig daran
aufgeilten.
Die beschämend und peinliche Respektlosigkeit gegen den
Grafen, die seine Allmacht und Autorität untergrub,
wäre noch hinzunehmen, wenn er sein Gesicht hatte wahren
können.
Doch mit der Flucht dieses niederträchtigen, halbirdischen
Witzboldes, hatte er den Grafen bloßgestellt und somit
der Lächerlichkeit preisgegeben.
Denn bereits am nächsten Tag, hatte es sich wie ein
Lauffeuer im gesamten Landkreis verbreitet
und die Einwohner erregt.
Was den Einen zu Spott und Häme anspornte, war für so
manch Andere, furchteinflößend und bedrohlich.

Uns kümmerte der Klatsch nicht im geringsten,
das Kapitel war für uns abgeschlossen.
Der Stau im Fluss des Lebens, war aufgelöst.

Worauf sollte ich jetzt noch warten?
Ich konnte gehen - meinem Liebsten entgegengehen.

Berstend voller aufgewühlter Gefühle,
passierte ich den Zeitenkanal und gelangte umgehend
in die andere Zeit.
Dort setzte ich mich entspannt auf den Felsen vor der Höhle
um mich langsam an den Anblick der neuen Zeit - meiner
ursprünglichen Zeit 2120 zu gewöhnen.
Mein Blick fiel weit ins Land.
Ich sah keine Kutschen, keine Pferdegespanne auch keinen
einsamen Reiter. Ich sah kein Landvolk - keine wimmelnde
Schar Knechte und Mägde auf den Feldern mit Sicheln
und Heugabeln werkeln...
Hier hatte der bullige Mähdrescher längst die Arbeit vieler
fleißiger Hände, wochenlanger Schufterei, an einem Tag
erledigt. Nur eine dichte Staubwolke zeugte von dem
Geschehen.
Der Fortschritt hatte alles verändert.
Wie glücklich sie nach vollendeter Tat waren, wenn man sie
auf dem Heimweg, wenn die Sonne längst versunken,
die altbekannten Weisen - romantisch zu Herzen gehend,
inbrünstig singen hörte, damals vor 200 Jahren.
Welch eine irre Freude auf jeden Abend wenn sie ihre

lahmen Glieder behaglich auf dem Strohsack ausstrecken konnten. Kennen wir diese echte Freude noch?

Die Sonne brannte mir erbarmungslos ins Gesicht.
Vielleicht würde ich meinen Liebsten des Weges kommen sehen.
Ich setzte mein Fernglas an die Augen und starrte auf die ferne Landstraße, die sich durch die Felder und Alleen schlängelte - nicht weit von der Autobahn entfernt.
Dort sah ich einen Motorradfahrer, einem streuenden Hund ausweichen.
Keine Spur von meinem Günter. Schade - würde ich ihn in der Ferne kommen sehen, hätte ich eine prickelnde Vorfreude und Herzklopfen wie Paukenschläge.
Wenn der einsame Motorradfahrer Günter ist, so sollte dort ein Hinweisschild in großen Lettern stehen: Nächste Ausfahrt Glück, schmunzelte ich in mich hinein.
Die Hitze ließ alles flimmern und verschwimmen, sodass ich für einen Moment benommen die Augen schloss.
Ein Paukenschlag traf mich auf die Schulter.
Justin hatte mich ergriffen und würde mich jetzt brutal entführen - mich in die düstere Höhle schleppen, in die ferne Zukunft beamen und in ein Raumschiff aussetzen.
Oh nein - nur das nicht, lieber will ich sterben.

Wollte ich schreien, doch ich brachte nur ein klägliches Wimmern heraus.

Als ich meine Augen aufschlug, sah ich meinen Liebsten besorgt über mich gebeugt.

„Oh - du, bist es Liebster," hauchte ich erleichtert.

„Ich hatte eben eine schreckliche Vision. Justin hat mich wieder in ein Raumschiff gezwungen und wollte mich wieder allein im All zurücklassen. Ich sah unsere Erde aus der Ferne immer kleiner werden und entschwinden.

Es war so furchtbar, dass ich es gar nicht in Worten ausdrücken kann," fügte ich bibbernd hinzu.

„Ach, immer dieser verfluchte Justin ist es, der dich noch immer in deinen Träumen drangsaliert.

Doch jetzt kann er dir nichts mehr anhaben, ich werde dich schützen und behüten, solange ich lebe, stieß er leidenschaftlich hervor. Zum Glück war es nur ein Alptraum in einer plötzlichen Ohnmacht. Kann es sein, dass du - aeh vielleicht..."

„Nein Sicher nicht - eher war es wohl ein Sonnenstich und die wonnige Erwartung - dich zu sehen.

Nun bist du endlich wieder bei mir, ich würde sterben, wenn es dich plötzlich nicht mehr gäbe!"

sagten wir beide fast gleichzeitig und zogen

uns gegenseitig in die Arme.

Die Sonne war längst untergegangen, als wir noch immer liebeshungrig im weichen Moos lagen.

Bevor wir wieder in die alte Zeit eintauchten, hatte ich ihm noch viel zu erzählen: „Von Robby, Justin, dem Onkel, der Gendarmerie und schließlich auch noch von dem überflüssigen Soldatenschwadron und nicht zu vergessen , die Bluthunde, die deinen Leichnam auffinden sollten."

„Mein Leichnam? Aber wieso meinen Leichnam?"

„Nun ja - du warst doch unauffindbar - warst verschwunden. Man glaubte, Justin hatte dich abgemurkst und verscharrt. Deshalb auch der Einsatz der Bluthunde, die dich erschnüffeln sollten.

Der Onkel hat das ganze Prozedere ins Leben gerufen. Er wusste ja nichts von der Existenz Robbys, dem ja eigentlich unsere Suche galt.

Denn Robby war es ja, der von seinem Platz, als Zeitenlenker von dem hinterhältigen Justin entfern worden ist und dir somit den Zugang in unsere Zeit verbaut war. Wie du ja festgestellt hast.

Und das tollste war, dass der übergeschnappte Justin sich mit dieser Tat brüstete. Woraufhin er in den muffigen, unterirdischen Kerker des Schlosses gesperrt wurde."

„Was sagst du da? Der alte Halunke sitzt fest?"

„Ja so war es tatsächlich.

Doch er konnte mittlerweile entkommen und wird nun weiterhin sein Unwesen treiben."

„Aber wie konnte er entkommen, aus dem gesicherten, grässlichen Verließ. Noch keinem ist es gelungen."

„Das mag wohl sein, doch es gelang ihm durch eine List. Aber das kann ich dir später erzählen."

„Ja das ist jetzt unwichtig, nun zählen nur wir," murmelte er, „komm nimm meine Hand, mein Liebstes - mein Leben."

Wir liefen ins Glück. Wir wussten von der langen Zeit, die uns gegeben. Doch ich wusste auch über die vielen Stolpersteine, die unseren Weg pflasterten.

Weil ich all das im Vorhinein wusste, war mir die Möglichkeit gegeben, sie wohlweislich vorausschauend zu umgehen - dachte ich naiv.

Gleichwohl würde Günter arglos in jede Falle tappen, wenn ich ihn nicht umgehend aufklärte.

„Du kannst dich ja leider nicht erinnern, was der hinterhältige Onkel uns und insbesondere mir, unglaublich, scheußliches angetan hat oder besser gesagt, antun wird.

Denn so steht es geschrieben und wenn wir zu gutgläubig
sind und nicht achtgeben, wird all das, wieder geschehen.
Doch zum Glück habe ich alle Daten der Geschehnisse
zum Nachlesen bereit.
Es ist äußerst wichtig, dass auch du sie liest und bescheid
weist," ermahnte ich ihn nachdrücklich.
„Ja freilich, nur zu gerne möchte ich alles wissen,
was nur in meinem Unterbewusst sein, unverständliches
herumgeistert," entgegnete er.

Ein großes Hallo - Händeschütteln, Schulterklopfen und ein
freudiges Lachen, erwartete Günter, als wir das Hoftor
passierten.
Die beiden Männer, Jonny und Ignatz, der seitdem
bei uns wohnte, fühlten sich als Helden und hatten
in überschwappender Stimmung reichlich mit geistigen
Getränken vergesorgt, um das Wiedersehen gebührend
zu feiern. Es wurde ein ausgelassener feucht,
fröhlicher Abend. Wobei sentimentale Erinnerungen
erwachten.

Das Kissen neben mir war nicht mehr kalt und leer.
Wir hatten viel nachzuholen und uns zu erzählen,
unsere Liebe war stärker als je zuvor.

Bis Günter eines Abends die unumgängliche Frage aufwarf,
die ich schon lange erwartet hatte.

„Was hattest du eigentlich mit dem jungen Albert
zu schaffen. Er war bei dir damals, bevor ihr beide
verschwandet! Du bist mit ihm zusammen so Hals über Kopf
durchgebrannt?"

„Ja, tatsächlich ist er mir gefolgt als Begleiter.
Er ließ sich nicht abwimmeln. Doch wo ich hinwollte,
bin ich nie angekommen. Denn Robby sollte mich in das
Dorf, in die Bronzezeit beamen.
Stattdessen hat er uns in die tiefste Steinzeit befördert.
Du kannst dir nicht vorstellen, was wir dort vorfanden
und unbeschreibliches erlebten.
So - höre, wir sind tatsächlich auf die ersten Homo Sapiens
gestoßen.
Sie waren noch ganz am Anfang ihrer Zeit - liefen noch
unbekleidet und hatten nichts anderes als Waffen,
wie die bekannten Holzspeere.
Stell dir vor, wir gingen mit ihnen auf die Mammutjagd.
Es war unglaublich interessant, mit diesem vorzeitlichen
Clan zu leben.
Bis zum ersten Winter wollten wir durchhalten.
Doch als wir uns auf den Weg, zurück in die Zukunft

begaben, fanden wir das Zeitentor besetzt.

Eine Horde unbekannter Frühmenschen hatten die Höhle besetzt, als willkommenes Winterquartier.

Freilich wollten sie ihr Refugium nicht so einfach aufgeben und verteidigten es mit lautem Geschrei und wütenden Drohgebärden.

Zu zweit hatten wir keine Chance, gegen die aufgebrachte Horde und zogen uns enttäuscht zurück. Um es ein Jahr später erneut zu versuchen. Doch immer fanden wir die Höhle besetzt vor!

So vergingen Jahre. Unsere Geduld war zu Ende, denn wir wollten endlich wieder in unser Leben zurück.

Nach acht oder neun Jahren, eine gefühlte Ewigkeit, ergab sich eine andere Situation.

Alle waren tot oder geflüchtet. Wir fanden nur noch ihre aufgespießten Leichen.

Eine wilde Horde, von der wir nichts wussten, hatte sie bestialisch niedergemetzelt. Und uns somit den Weg freigemacht.

Doch was tat Robby, als wir endlich zu ihm gelangten?

Vermutlich zürnte er mir, weil ich mein Versprechen, ihn von seinem einsamen Dasein zu erlösen - nicht gehalten hatte.

So brachte er uns zwar in die Zukunft, jedoch ein Stück
zu weit. Wir gelangten unwissend und erschüttert ans Ende
der Zeit. Was wir dort vorfanden, war so unglaublich
schrecklich, das wir vor Grauen erstarrten.
Doch das alles zu erzählen, sprengt den Rahmen alles
Vorstellbaren.
Ich glaube, ich müsste Stundenlang erzählen um dir ein
verständliches Bild zu vermitteln. Günter regte sich
unbehaglich und riss erschrocken die Augen auf.
„Jetzt kannst du nicht einfach aufhören, als erzählst du mir
nur ein spannendes Märchen, ich bin aufgewühlt und platze
vor Neugierde, alles zu erfahren.
Zudem haben wir alle Zeit der Welt.
Die Nacht ist noch jung."
„Nun ja, ich erzählte dir noch von meinem einstigen Besuch
in der Zukunft"
Dort war es unerträglich heiß und die Luft so dick
und verpestet, das ich kaum zu atmen vermochte.
Das ist schon Jahrhunderte her.
Damals war es Justin gelungen, die verbrauchte Luft
und die schädlichen Abgase in die Vergangenheit abzuleiten.
Wozu er den Zeitenkanal zweckentfremdete und für sein
Gelingen missbrauchte.

Bis er dessen überdrüssig war. Er war mit einer großen
Truppe abenteuerlicher Zeitgenossen aufgebrochen.
Doch mit der Zeit, verließ ihn einer nach dem anderen,
bis er nur noch allein in der riesigen Verbrennungsanlage
arbeitete, die nun ihrerseits die reine Luft in der Steinzeit
verpestete.
„Diese Aktion ist nicht schädlich für die Natur,"
behauptete er.
„Denn die Eiszeit steht ja noch bevor. Sie wird alles wieder
reinigen und regenerieren."
Doch eines Tages stand er allein vor seinen so mühsam
errichteten dröhnenden Fabrikanlage.
Was soll ich die Last der ganzen Welt auf meinen Schultern
tragen - hatte er damals verbittert gedacht, bevor er seine
große Mission schließlich aufgab.

Die Atemluft in der fernen Zukunft war tatsächlich um vieles
angenehmer geworden, sodass die Menschen der Zeit,
noch leichtsinniger wurden und schon bald
der alte Zustand wieder hergestellt war und sich noch
rapide verschlechterte.
„Mein Gott, woher du das alles weist - ich vermute,
von Justin. Immer wieder spielt Justin in deinem Leben
mit."

„Nun ja - er ist mir gelegentlich begegnet. Er war es auch, der mich über den Anfang vom Ende aufklärte, der Ursache, die letztendlich zu der totalen Zerstörung führte. So kam es, wie es eines Tages kommen musste. Die heiße elektrisch aufgeladene Luft, führte zu verheerenden Unwettern mit fürchterlich Blitzen ohne Ende und entzündete entsetzliche Feuer - die alles verbrannten. Die anschließende Explosion, zerstörte den Rest, ließ die Häuser auseinander bersten und vernichtete alles Leben.

Das Feuer wütete wohl noch Wochenlang und verbrannte den letzten Rest - jegliche Vegetation. Es glimmte noch, als wir den Schauplatz betraten.

Ein scheußlicher Brandgeruch verpestete nun die Atemluft. Wir sahen nur noch völlig zerstörte Ruinen ohne Dächer. Es gab keinen Baum und Strauch mehr - kein lebendes Wesen, alles war vernichtet."

Hier endete mein Bericht.

Ich hatte mich heiser geredet.

So wird also die vielversprechende Zukunft - unserer schönen Welt enden - der Weltuntergang, dennoch bleibt unser Planet bestehen, alles steht auf null und rüstet zum Neuanfang - ohne die zerstörerischen Menschen.

Ein Stern ohne Menschen, wie all die anderen Sterne,
die in unserem Sonnensystem ihre Runde drehen.
Wozu brauchen sie den Menschen.
„Wir können uns glücklich schätzen, solange es uns noch gibt
und wir hier leben dürfen," murmelte Günter und schlief
schon im nächsten Moment.

Justin indes, hatte für alle Fälle vorgesorgt.

Er führte nicht viel mit sich, denn seine Reichtümer und Güter lagerten in seiner Realzeit, viele hundert Jahre entfernt - die er mühelos jederzeit erreichen konnte.

Freilich verbarg er sich nicht in der unwirtlichen muffigen Höhle - die er im Schutze der Nacht mit Leichtigkeit hatte verlassen können.

Er kannte die Höhle - die ja in Wahrheit ein versteinertes, riesiges Raumschiff war, welches einst für den Transport vieler Menschen gebaut wurde - sehr gut.

Er kannte jeden Winkel. So wusste er auch von dem anderen Ausgang in die entgegengesetzte Richtung.

Wozu er die gesamte Höhle durchmessen musste, welche auf der Rückseite des Berges in ein anderes Land mündet.

Dort hatte er in einer lichtdurchfluteten Vor - Höhle, seinen großen Rucksack mit all seinen nötigsten Habseligkeiten verstaut.

So weilte er ganz nah und dennoch unerreichbar für all die unzähligen Schergen des Grafen, die ihm nach seiner kostbaren Freiheit trachteten.

Dieser Ort war jedoch nur eine praktische Zwischenstation, auf seinem Weg, den zu gehen ihm vorschwebte.

Nachdem er sich im eiskalten, rauschenden Bergbach den Mief des Kerkers abgewaschen hatte,

holte er aus seinem geräumigen Rucksack einen Spiegel und Rasierzeug.

Doch er besann sich anders, er stutzte seinen verfilzten Bart, in eine gefällige Form.

Nun musste seine zottelige Mähne dran glauben. Jetzt

kramte er nach der dunkelbraunen Perücke, die er für seine Tarnung mit sich führte.

Für alle Fälle hatte er sich zusätzlich ein Haarfärbemittel besorgt, mit dem er nun auch seinen rotblonden Bart einfärbte.

Ein grinsender Blick in den Spiegel überzeugte ihn von dem Gelingen seiner Tarnung.

So würde ihn keiner erkennen - außer Carla vielleicht, doch sie würde ihn gewiss nicht bloßstellen oder?

Er grübelte tagelang, wie er sich wieder in die menschliche Gesellschaft einfügen konnte - ein Teil von ihr werden, als unbescholtener Bürger.

So suchte und fand er eine Anstellung in einem gutbürgerlichen Kaufmannshaus, in das er sich eingemietet hatte. Dort erledigte er pfiffig die Buchführung und machte sich so unentbehrlich.

Sein weltmännisches Auftreten sorgte bald für einen Auftrieb und dem Wachsen der Finanzen.

An seine merkwürdige Aufmachung hatten sich alle schnell gewöhnt.

Die Geschäfte reichten bis in das Schloss.

So kam es unweigerlich, dass er künftig auch dort verkehrte

und zu den bevorzugten Gästen zählte.
Er hatte es geschafft - sein Plan war aufgegangen.

Wir hingegen hielten uns zurück. Wir mieden zunächst die Öffentlichkeit und besonders - das Schloss.
Nachdem Günter von allen Schandtaten und hinterhältigen Intrigen des Onkels gelesen hatte, war ihm vieles klar.
Er wusste nun genau wie ich - was alles passieren konnte, wenn wir nicht genügend aufpassten.

Unterdessen hatten die Männer, in kurzer Zeit, einen rustikalen Bau, als Wartesaal und mit abgetrenntem Behandlungsraum, als Praxis in unserem großen Garten geschaffen. So konnte sich Günter unnötige Wege ersparen.

Nachdem wir zum 5. Mal eine Einladung zu einer Festlichkeit erhalten hatten, meinte Günter, "Wir können uns nicht länger einkapseln und verborgen halten.
Diesmal habe ich dem Onkel, für das muntere Spektakel, dem Erntedankfest im Freien - zugesagt."

Inmitten des biederen Landvolkes, schien uns ein lustiger Tag unverfänglich. Nach einer Zeit erhob ich mich, um mich nach bekannten Gesichtern umzusehen.

Ich begrüßte die Verwandten. Mein Blick fiel weiter in die Runde. Da sah ich Ihn etwas abseitsstehen.

Albert war es, den ich nicht mehr gesehen,

seit ich die verwüstete Zeit der fernen Zukunft,

fluchtartig verlassen hatte.

Freilich konnte ich ihn nicht aus meinen Gedanken streichen,

meinen alten Freund und Weggefährten so vieler

unglaublicher Abenteuer - die uns verbanden.

Dennoch erschrak ich, als ich ihn dort stehen sah.

Längst verdrängte Gefühle und Erinnerungen

wurden wach.

Auch er hatte mich gesehen und riss erst ungläubig,

dann mit einem verstehenden Stirnrunzeln die Augen auf.

Wir näherten uns und trafen uns auf halbem Wege.

„Carla - hier sehe ich dich wieder, nachdem du mich

so hinterhältig verlassen hast," murmelte er mit heiserer Stimme.

„Oh Albert, ich musste so oft an dich denken.

Dir geht es gut, wie ich sehe, so bist du also auch der Hölle entkommen."

„Ja - der Hölle in die du mich geleitet hast, konnte ich ohne deine Hilfe entkommen," sagte er sarkastisch.

„Wenn mich dein Anblick auch noch immer umwirft

und fesselt, so werde ich gewiss nicht wieder auf dich hereinfallen!" fügte er, leidenschaftlich hinzu.

„Ja ja, das war ein unbeabsichtigtes Versehen und mit Sicherheit nicht von mir gewollt," beschwichtigte ich etwas verlegen.

„Aber ist das dort nicht der wissbegierige Roland, aus der Steinzeit, der uns immer wie ein Schatten gefolgt ist? Wenn er mir auch in dieser Aufmachung, etwas fremd und dubios erscheint."

„Ja das ist er - der ist jetzt mein persönlicher Leibdiener. Oh - es war gar nicht so einfach aus dem, einen halbwegs tauglichen Menschen zu machen, zudem alle meine Freunde den lallenden Idioten, der er aus ihrer Sicht ist, nur belächelten und verspotteten.

Wenn du nun denken solltest, sie glauben mir auch nur ein Wort von unserer Reise in die Vergangenheit und der Begegnung mit den Steinzeitmenschen, so täuscht du dich. Sie haben sich gebogen vor Lachen, sagten - ich wäre ein phantastischer Geschichtenerzähler. Und den Roland, den ich als lebenden Beweis aus dieser Zeit mitgebracht habe, den hätte ich aus der Anstalt für geistig Behinderte geholt.

Habe ich nicht schon damals gesagt - dass mir keiner dieses

utopische Abenteuer glauben wird!

Wenn ich nun auch noch die Fortsetzung von unserer Odyssee, dem Ende der Menschheit und der völligen Zerstörung unserer Welt berichtet hätte,
dann hätten sie mich für total übergeschnappt gehalten," fügte er verdrossen hinzu.

„Ach du dummer Idealist, warum musstest du auch gleich mit der Tür ins Haus fallen und dich so dem Spott deiner albernen Kumpanen aussetzen.

Warum konntest du nicht warten und dann später einer Vertrauensperson wohl überlegt, nach und nach von deinem unglaublichen Eintauchen in die tiefe Vergangenheit berichten!"

„Ach Gott ja - jetzt weis ich es besser.
Doch diese Vertrauensperson bist nur du.
Alle meine sogenannten Freunde sind zu oberflächlich, haben nur ihr Vergnügen im Sinn. Ich habe mit ihnen gebrochen - mich zurückgezogen auf mein Landgut.
Nun bin ich verlobt mit einer reizenden Komtess und plane, eine Familie zu gründen."

„Ach wie schön, so hast du nun endlich dein Glück gefunden," sagte ich, mit ehrlicher Anteilnahme.
Ich lächelte ihm abschließend zu und schickte mich an

zu gehen.

„Halt - warte noch, es gibt doch noch so viel zu reden.
Wie ist es dir seitdem ergangen? Suchst du noch immer
den Einen, deinen Traummann, hast du ihn schon gefunden?
Wenn nicht - so stehe ich dir jeder Zeit zur Verfügung,"
ergänzte er grinsend.

„Oh wie nett von dir, doch tatsächlich habe ich ihn
indes gefunden. Dort steht er und wartet auf mich."

„Der ist es - der ehrwürdige Herr Doktor? Aber der ist doch
auch ein Neffe des alten Grafen, genau wie ich auch."

„Ja, er ist inzwischen mein Gatte."

„Ach sieh an, so sind wir jetzt also verwandt.
Ach das Schicksal geht oft seltsame Wege," bemerkte er
kopfschüttelnd.

„Ja so ist es wohl. So werden wir uns noch öfter über den
Weg laufen," fügte ich, lachend hinzu.

„Ich muss jetzt gehen - man sieht sich bei Gelegenheit.
Ich werde dir eine Einladung zu unserer nachträglichen
Hochzeitsfeier senden.
Ach - hast du den Justin schon mal wiedergesehen?
Ich fürchte er treibt sich auch hier in der Gegend herum."

„Ah - ja? Nun, ich bin gewiss nicht scharf darauf ihn zu sehen,
wie du dir denken kannst. Er gehört zu dem

unangenehmsten Kapitel meines Lebens."

„Ja, das kann ich gut verstehen," pflichtete ich ihm bei.

„Geh noch nicht, denn alles was ich vorhin sagte,
war nur aus Enttäuschung und Zorn daher gesagt.
Nun ja - meine Verlobte ist zwar recht hübsch.
Ich habe schon viele schöne Frauen gesehen,
doch kein so göttliches Weib wie dich.
Keine ist zu vergleichen mit deiner geradezu fesselnden
Ausstrahlung, gegen die man sich auf die Dauer
nicht wehren kann."

„Nun übertreib mal nicht so maßlos. Ich weis nicht, was das
jetzt soll. Du hast dich sehr gut über die Jahre abgefunden
und behauptet - ohne mich."

„Das sagst du so lasch daher. Doch meine Seele hat Schaden
genommen. Ich kann seitdem nicht mehr lieben.
Nur in deiner Nähe klopft mein Herz wieder, mein Pulsschlag
steigt, der Magen brennt wie damals aus unerfüllter
Sehnsucht!"

„Genug jetzt," brauste ich auf. „Der Schaden den du hast ist:
Das du scheinbar nie erwachsen geworden bist,
denn all solche Gefühlsduseleien werden unwichtig,
je älter und reifer man wird," sagte ich,
ohne jede Überzeugung.

„Du bist kalt und arrogant. Mich wundert, dass selbst der überhebliche rücksichtslose Justin dir verfallen ist,"
setzte er nach.

„Aber den suchst du hier vergebens."

„Nun ja - dass mit Justin und mir ist ohne Bedeutung," räumte ich ein, ohne zu ahnen, dass er uns schon die ganze Zeit aus sicherer Entfernung beobachtete.

„Nun ist mehr als genug gesagt - jeder lebt sein Leben. Doch wir werden immer Freunde bleiben, wenn du dich wieder normalisiert hast und vernünftig mit der neuen Situation umgehen kannst.

Also ich gehe jetzt. Alles Gute für dich und deiner Liebsten. Richte ihr einen schönen Gruß von mir aus - bis dann," sagte ich und wandte mich um.

Ich nickte Günter zu.

Als ich mich noch einmal umblickte, sah ich hinter Albert einen außergewöhnlichen Mann sich aus der Menge pellen, der sogleich meine Aufmerksamkeit erregte.

Meine Güte, was für ein uriger Typ,
den habe ich hier noch nie gesehen.

Ich winkte dem schon ungeduldig wartenden Günter aufmunternd zu.

„Ich komme gleich."

Doch meine Neugierde war geweckt. Ich zögerte einen
Moment und ging dann einige Schritte auf den Fremden zu.
Irgendetwas an ihm trieb mich - zog mich an...
Zwar hatte ich ihn bei einem Rundblick schon flüchtig
gesehen und seine Aufmachung ein wenig merkwürdig
und unpassend - ja skurril empfunden.
So trug er über einer wilden dunklen Mähne, einen viel zu
großen Hut, einem Westernhut gleichend - übertrieben weit
ins Gesicht gezogen. Damit nicht genug, trug er auch noch
einen Vollbart.
Als er jedoch meine kritischen Blicke auf sich gerichtet sah,
hatte er plötzlich große Eile zu gehen.
Doch damit hatte er sich letzten Endes verraten.
Denn an seinen typischen, wiegenden Gang,
erkannte ich ihn sofort.
Selbstverständlich behielt ich meine Entdeckung vorerst für
mich. Ich durfte mich jetzt keineswegs auffällig verhalten,
da ich ja wusste, ständig beobachtet zu werden.
Sollte er nur glauben, er bliebe unentdeckt.
Ich jedenfalls, hatte nicht die Absicht ihn bloßzustellen,
solange er mir nicht in die Quere kommt.
Es war das erste Mal das Justin vor mir flüchtete - ha, ha.
Sonst war es immer andersherum.

In seiner ewigen Unrast, stets ein verlockendes Ziel
anzustreben und zu erreichen, wird er es nicht lange
aushalten, im verborgenem zu bleiben.
Der Reiz der Gefahr, beflügelte ihn stets aufs Neue.
Er hätte in jede x - beliebige Zeit gehen können,
denn der Zeiten gab es so viele - um sich anderweitig
zu vergnügen, überlegte er.
Er wusste doch indessen, wo es sich ausschweifend zu leben
lohnte. Denn in jeder Zeit - an allen Orten der Welt,
in allen Zeiten die er durchlebte, hatte er Frauen zurück
gelassen, die auf ihn warteten.
So schmeichelte es mir ein wenig, dass er so hartnäckig
meine Nähe suchte.
Obgleich keine große Chance bestand, denn er wusste ja,
dass ich in Günter meinen Lebenssinn gefunden hatte.
Dennoch inspirierte ihn der Reiz des Verbotenen.
Oh ja, da gab es gewiss genügend verbotene Spiele zwischen
uns in der Vergangenheit und Zukunft.
Die Zeit, die wir uns kannten, war ja so unglaublich lang
und vermutlich würde es auch so weitergehen,
da ich nicht gefeit vor ihm war.
Wenn ich auch nicht in heißer Liebe zu ihm brannte,
blieb doch immer ein Funke seiner erotischen

Anziehungskraft erhalten.

So war er in gewisser Weise mein Freund, wenn er nicht gerade wieder irgendeine Teufelei ausheckte.

Denn oft hatte er eine merkwürdige Art, mir seine Freundschaft zu beweisen.

Nun - sollte er sein, wie er ist.

Ich brauche und will ihn nicht! Ich tue am besten daran, mich von ihm fern zu halten, dachte ich, als ich mich zwischen den Tischreihen, an denen das Landvolk heiter dem köstlich duftendem Schmaus - eines Ochsen am Spieß, Bier und selbstgebrannten Kartoffelschnaps und Obstler vergnügten, vorbei schlängelte.

Ich nickte allen freundlich zu und gesellte mich wieder zu Günter, der inzwischen aufgestanden war und unschlüssig verharrte.

„Wer war der Kerl, der dich so unverschämt musterte? Also ... wärst du zu ihm gegangen, hätte ich nicht länger an mich halten können und euch getrennt," sagte er mit böser Miene.

„Ein neuer Gast im Hause von Elzen," sagte ich.

„Total überkandidelt - vermutlich ein verrückter übergeschnappter Künstler!" bemerkte Günter, stirnrunzelnd.

„Kennst du ihn womöglich, mir schien einen Augenblick, als ob du…"

Ich zuckte nachdenklich die Schultern.

„Kann schon möglich sein. Er kam mir wohl bekannt vor. Doch im Moment, kann ich ihn nicht einordnen."

Ich hatte ein schlechtes Gewissen. Andererseits kam ich mir als Verräterin vor, denn auch Justin war mir nicht gleichgültig. Er musterte mich nachdenklich und ließ es dabei bewenden.

Kapitel 16: Alte Gewohnheiten

Meine Gewohnheit, einen ausgiebigen Spaziergang zu machen, nahm ich wieder auf.

Hinter dem Dorf, zwischen Wiesen und Feldern, zog es mich zum Laufen. Ungesehen von dem neugierigen Landvolk, begann ich zu joggen, um mich fit zu halten.

Ich kam ganz schön aus der Puste.

Nur noch die Bank zum verschnaufen erreichen.

Die Bank, die von Büschen umgeben, mit Blick auf den Teich, vervollständigte meine tägliche Runde.

Heute jedoch, war die Bank besetzt. Ich konnte den einsamen Ruhesuchenden erst sehen, als ich unmittelbar davorstand.

„Ich warte schon so lange auf dich, wehrte Carla.

Sicher hast du für ein kleines Schwätzchen Zeit, oder zürnst du mir noch immer?"

„Justin du Schurke, lauerst du mir schon wieder auf?

Ich muss zugeben dass es mich freut, dich zu sehen, wenn ich dir auch noch immer zürne. Diesmal bist du zu weit gegangen, wie konntest du nur so etwas Abartiges tun?"

„Ach ja - es kommt manchmal so über mich,

wie dumm von mir. Verzeih mir meinen Fauxpas,
es wird nicht wieder vorkommen. Setz dich zu mir,
wie in alten Zeiten."

„Die alten Zeiten sind vorbei und kommen nicht wieder.
Begreif das endlich, du hast mich zu sehr gekränkt.
Mit uns kann es niemals gutgehen. Zuviel Hässliches
ist geschehen," warf ich ein.

„Nein - so einfach ist es nicht. Überleg doch mal
und sei ehrlich. Denn wenn du mir nur ein wenig zugetan
wärst, müsste ich nicht immer zu solch skurrilen Mittel
greifen - wie zum Beispiel dir aufzulauern, um dich für einen
Moment für mich zu haben."

„So, so - leider habe ich dich erst kennengelernt,
als ich mich bereits in Günter verliebt hatte.
Vielleicht wäre sonst alles anders gekommen."

„Können wir nicht dennoch das Beste daraus machen?"
entgegnete er. „Denn so wie es jetzt ist, ist es doch viel
aufregender. So ist es das Salz in der Suppe!"

„Ha - in deiner Suppe, ich für meinen Teil,
koche mein Süppchen auf andere Art und versalze es nicht."
erwiderte ich sarkastisch.

„Okay. Ich habe verstanden. So schenk mir noch ein wenig
deiner kostbaren Zeit. Liegt es dir nicht auch daran,

ein wenig über die unglaublichen Vorfälle zu reden,
die uns ja eigentlich hätten zusammenschweißen müssen?"
„Ja gewiss liegt es mir daran, die Katastrophe
und all das Fürchterliche, das uns widerfahren ist,
aufzuarbeiten, irgendwann vielleicht.
Doch nun muss ich leider gehen. So lebt dann wohl.
Du wirst schon dafür sorgen, dass wir uns wieder
begegnen - oder?"
„Gewiss doch, so lange meine Tarnung nicht auffliegt,
denn dann werde ich wieder zum Gejagten!
Ich wusste das du mich nicht verraten würdest, denn trotz
allem, bist du nicht link und hinterhältig."
„Das sagst du so leicht dahin, denn ich weis nicht,
ob es richtig ist, selbst meinem Gatten, deine Anwesenheit
zu verschweigen," sagte ich zweifelnd.
„Tu es der alten Zeiten willen und nachdem wir so viel
fantastisches, erschütterndes und überwältigendes,
gemeinsam erlebt und so manche Tragödie überstanden
haben. Bedenke, ich habe sonst keinen, um darüber zu
reden."

Als ich ging, klangen seine so leidenschaftlich
herausgesprudelten Worte in mir nach und erweckten
so etwas wie Mitleid in mir.

Doch brauchte er mein Mitleid?
Er war ganz anders gestrickt - tickte anders.

Kapitel 17: Der Außenseiter

Um der ewigen Sehn und Eifersucht entgegen zu wirken,
redete er sich ein und war schließlich davon überzeugt.
Endlich bin ich zu der Gewissheit gelangt, dass ich sie nicht
unbedingt und total für immer besitzen muss.
Viel reizvoller und erstrebenswerter ist es doch,
sie immer wieder neu erobern zu können.
Zudem ist es doch stets am begehrenswerten - was der
andere besitzt.
Wenn die Eifersucht auch manchmal schmerzt
und quält. Doch das ist der beißende Pfeffer des Lebens.
Wovon sollte ich denn noch träumen - wenn all meine
Träume erfüllt sind.
Doch schon nach wenigen Monaten war er anderen Sinnes.
Sein jetziges Leben war ihm auf die Dauer zu eintönig.
Gelegentlich sah er sie aus der Ferne. Doch nie alleine,
immer war ihr Beschützer dabei.
Er spielte mit dem Gedanken, wieder in die zerstörte Zukunft
einzuwirken, um seinem Dasein wieder einen Sinn zu geben.
Sein weiterer Verbleib hier, trug keine Früchte
und erschien ihm völlig sinnlos.

Er lechzte nach Herausforderungen und einer neuen Selbstfindung.

Doch zu einem Gelingen seiner Pläne, gehörte Sie.

Er müsste sie allerdings, wieder entführen und Robby erneut von seinem Schaltpult entfernen, damit sie nicht gleich wieder fortlaufen konnte.

Oh wie böse würde sie sein, wie würden ihre Augen vor Zorn blitzen.

Diesen Schritt jedoch, verwarf er sogleich wieder, wie könnte er unter Zwang eine harmonische Beziehung zu ihr aufbauen.

Doch alles andere - das ganze Desaster konnte ihn nicht schrecken. Schon lange formten sich phänomenale Dinge in seinem Kopf, wie er es anstellen konnte.

Doch eigentlich war die Lösung so einfach.

Er brauchte nur ein paar gelangweilte, erlebnishungrige Leute.

Einen Fahrstuhl voll -- ha ha. Mit dem Fahrstuhl meinte er neckisch den Zeitenfahrer, der nach Wunsch, nach oben in die Zukunft oder nach unten in die Vergangenheit pendelte.

Weiter benötigte er Rindviecher, Schweine und Federvieh.

Ferner brauchte er Nutzpflanzen und Saatgut - viel Getreidesamen, Mais und Rüben für das Vieh.

Zudem, Bohnen und Kartoffeln als Grundlage und für den Beginn einer aufstrebenden, lebendigen Genese.

All das war nicht problematisch und machbar.

Und nicht zu vergessen das Tüpfelchen auf dem i. - brauchte er ein Vollweib neben sich - sozusagen als Urmutter.

In seinen Grübeleien versunken, kam ihm der irre Gedanke, seiner Einsamkeit und Tristesse des Alltags, ein wenig Abwechslung und Power einzupflanzen.

Welch ein Gaudi wäre es jetzt - anstatt sich mit unerfüllbaren, vergeblichen Versuchen, die dennoch fruchtlos bleiben würden, seinen Weg in eine gänzlich andere Richtung zu leiten.

Einen Trip in die mystische Vergangenheit der antiken sagenumwobenen Zeit der Göttinnen und Titanen um Zeus und seine Gespielinnen.

Sich unter sie zu mischen - eine Epoche des ausschweifenden Lebens genießen, bevor ihn der Alltag mit all seiner Last und Mühsal wiederaufnahm.

So spann er weiter seine Fantasien und vergaß für eine Zeit, die Wirklichkeit um sich herum.

In der Morgenstille hörte er die Glocken der Dorfkirche achtmal schlagen. Sie rissen ihn aus seinen Spinnereien.

Er blickte sehnsüchtig zurück zum Dorf, sah das letzte Haus ein wenig abseits direkt am Berge unter dem Zeitentor.

Das vertraute Haus, in dem Carla sicher noch in süßen Träumen döste. Sicher würde sie sich bald schon auf ihren Morgenlauf begeben.

Dann würde er sie sehen und alles was er überwunden glaubte, würde wieder aufbrechen.

Dennoch konnte er es kaum erwarten, sie zu sehen.

Aber war das dort auf dem Hügel nicht Jonny, ihr ständiger Begleiter und Beschützer?

Merkwürdig, was tat er dort allein?

Nun, was soll's, so vertiefte er sich wieder in die Betrachtung der üppigen Natur - mit ein wenig Neid.

Ach - immer ist es dort am interessantesten, wo man nicht ist...

Kapitel 18: Die Ahnungslosen

Ich indes, wiegte mich halbwegs in Sicherheit - genoss
die kostbaren Stunden mit meinem Liebsten.
Wir konnten Stundenlang schweigend nebeneinander sitzen
ohne reden zu müssen.
Die Berührung des anderen oder unsere verflochtenen
Finger, wirkten elektrisierend genug.
Wir lebten nun schon Jahre zu viert in der geräumigen Villa.
Die erste Zeit lief einigermaßen harmonisch.
Doch mit den Jahren, schlichen sich Unstimmigkeiten
und Missmut, seitens unseres Untermieters Ignatz ein.
Obwohl genügend Platz vorhanden war, störte er sich an der
für uns behaglichen anheimelnden Enge bei Tisch,
in der gemütlichen Küche.
Oft strafte er mich mit vorwurfsvollen Blicken
und unangebrachten Äußerungen.
Worüber ich nur verständnislos den Kopf schüttelte.
Während Jonny, ein über das andere Mal sagte: „Bei dem ist
wohl eine Schraube locker. Hier ist es doch viel
gemütlicher als in der fensterlosen, muffigen kalten
Gesindespeisekammer im Schlosskeller.

Nun ja, dort trifft man sich zum angenehmsten Teil
des Tages - zum Essen - den Durst zu stillen und zur
ersehnten, allseits begehrten Kartenrunde und nicht zu
vergessen - zum Anbandeln und poussieren mit den Mädels -
in seinem Fall mit einem smarten Jüngling.
„Ihr beiden würdet sagen: Eine Braut aufreißen,"
ergänzte Jonny schmunzelnd.
So sieht keiner, wie armselig, ja geradezu erbärmlich dieser
Kabuff in Wahrheit ist," betonte er abschließend.
Freilich fehlte noch der Fernseher, den Ignatz
zugegebenermaßen arg vermisste.
Doch darüber sprach er zu keinem seiner Kollegen.
Sie würden ihn für verrückt halten.
Auch das Wasserklosett, den Elektroherd
und die Waschmaschine, ließ er aus guten Gründen
unerwähnt.
Bei uns im Hause, störte er mehr und mehr den Frieden.
Mit jedem Tag wurde er mir unsympathischer.
Er ignorierte meine Meinung, stellte alles in Frage
was ich sagte, selbst wenn er dafür von Günter gerügt
wurde.

KAPITEL 19: DER WEIBERFEIND

Doch Günter war die meiste Zeit in seiner Praxis und bekam das meiste gar nicht mit.

Manchmal glaubte Ignatz, unser aufgezwungener Mitbewohner, ihre ewige Präsenz und Nähe nicht länger ertragen zu können.
Wie schön wäre das Leben nur mit den beiden Männern, dem athletischen Herkules und dem göttlichen, bronzefarbigen Adonis, wie er den Jonny in seiner getrübten Verliebtheit sah.
Doch Jonny war längst aus dem Jünglingsalter und weis Gott, kein Adonis mehr.
Wie lästig ist das störende Weib dazwischen, dachte er.
Sie muss weg, oder er würde bald gehen.
Sie würde natürlich nicht gehen, denn sie hing an dem Wunderdoktor wie eine Klette.
Doch auch der hatte nur Augen für sie. Wohingegen ich schon zittrig werde, wenn seine Augen mich nur zufällig streifen.
So habe ich mich schweren Herzens entschlossen, bald zu gehen, da auch der Jonny in mir,

nicht mehr als nur einen Kumpel sieht.

Zudem habe ich Sehnsucht nach meinem alten
Wirkungskreis - meinem Geburtshaus in dem ich zwar meine
leibliche Mutter nie ausfindig habe machen können.

Die einzig unumstößliche Gewissheit allerdings ist,
das der Graf mein Erzeuger ist. Obwohl er mich nie
bevorzugt, aber auch nie schlecht behandelt hat,
zieht es mich wieder in seine Nähe - in dessen autoritärer
Nähe, mich keiner zu hänseln wagt.

Auch habe ich unter dem wechselnden Gesinde, größere
Chancen, einen Liebhaber zu finden.

Ich muss mich ja nicht gleich und endgültig entscheiden.

Ich kann ja von einem Ort zum anderen Ort pendeln.

Möglicherweise gelingt es mir durch vernichtende Lügen
und raffinierte Intrigen, das Weibstück - dieses unerträgliche
Schönchen aus dem Haus zu entfernen und somit hier
einen reinen Männerhaushalt zu schaffen.

Dann allerdings würde ich doch lieber diese komfortable Villa
als meinen festen Wohnsitz bevorzugen.

Um ehrlich zu sein, gefällt es mir hier viel besser,
ich brauchte nicht mehr nach irgend jemandes Pfeife tanzen,
wäre ein freier Mann.

Das bisschen Haushalt - kochen und aufräumen erledige

ich mit links.

Dem anspruchsvollen Grafendoktor, würde es an nichts
fehlen, ich würde ihm jeden Wunsch von den Augen ablesen,
war er überzeugt.

Das geplante Blockhaus im Garten, verlor an Bedeutung,
das wurde nicht mehr benötigt.
Doch Günter bestand darauf. Rückte die Zeit der Ankunft des
Sohnes immer näher, dann würde es zu eng - dann brauchte
der Junge sein Reich für sich. Die Mansarde müsste dann
zwangsläufig geräumt werden.

Nach erneuten Streitigkeiten, drängte es mich aus dem Haus.
Die Bank am Teich hinter dem Dorf, würde meinen Ärger
verfliegen und mich zur Ruhe kommen lassen.
Morgen würde ich mit Günter ein ernstes Wort reden
müssen.
So konnte es nicht weitergehen. Sollte er den Störenfried
doch rausschmeißen, wenn er unseren Langmut so dankt!

Kapitel 20: Das zufällige Treffen

Gedanken versunken, umging ich die Büsche - die Bank
wurde sichtbar, doch sie war schon besetzt.
„Ich habe geahnt das du heute kommen würdest,"
empfing mich Justin grinsend.
„Nicht die Langeweile treibt dich hier her. Im Haus bei euch
ist dicke Luft. Es herrscht Unfrieden und dein Günter ist nicht
Manns genug die Wogen zu glätten.
Zudem nächtigt er im Schloss bei dem alten kranken Grafen.
Oh ich weis alles, euer neuer Mitbewohner
macht Stunk, er marschiert nicht mehr im gleichen Schritt
mit euch. Er ist hinterhältig und link und mit Vorsicht
zu genießen. Denn er mischt überall mit.
Ich habe ihn wiederholt im Schloss gesehen.
Er führt etwas Böses im Schilde. Wenn ich Günter wäre,
würde ich dich besser behüten.
Wie kann er dich lieben. Wenn er sieht wie unglücklich du
bist?" fragte er kopfschüttelnd.
„Ausgerechnet du herzloser Schurke muss das sagen,"
mokierte ich mich ärgerlich.
„Wie kannst du mich nur für Herz und Gefühlslos halten,

bisweilen habe ich Herzklopfen bis ins Gehirn,
manchmal glaube ich den Verstand zu verlieren,
wenn ich dich nur aus der Ferne sehe.
Es hat mich doch sehr getroffen, ja geradezu erschüttert
und aus der Bahn geworfen.
Damals, als ich dich bei deiner Landung aus dem All,
tot glaubte. Oh das war ein schlimmes Verlustgefühl!"
„Ah - ich verstehe - ein Gefühl als hättest du etwa an der
Börse einen Reinfall - also einen großen Verlust erlitten
oder beim Pferderennen falsch spekuliert.
Ein Perfektionist wie du, kann sich doch nur
für eine makellose, außergewöhnliche Schönheit erwärmen.
Ich jedoch bin gewiss nicht perfekt. Meine Beine sind zu kurz,
meine Hände zu groß und mein Haar zu kraus,
zudem ist meine Haut..."
„Dummes Zeug - auf so läppische Einzelheiten kommt es
doch gar nicht an. Einzig das Gesamtbild zählt und der Kopf
sollte nicht hohl sein, ganz einfach wie du - hinreißend
und überwältigend.
Dein Anblick trifft mich wie ein Pfeil. Ein Blick von dir
und ich stehe in Flammen und verbrenne - verhext für alle
Zeiten. Doch das Feuer, das gelegentlich niederbrennt,
wird niemals ganz erlöschen, denn wenn es erloschen ist,

ist auch mein altes Herz erloschen und schlägt nicht mehr!"
Zunächst war ich sprachlos, doch ich entsann mich seiner
rhetorischen Gabe, und daraus seinen Vorteil zu nutzen.
Denn keinesfalls, sah er sich selbst als tragische Figur - eher
als Märtyrer.
So ein harter, brutaler Wüstling, der, wenn es sein muss
über Leichen geht, doch zärtlich und einfühlsam sein kann
wie Amor, dachte ich bei mir.
„Ach Justin, so viele schöne herzerwärmende Worte hin
gesäuselt, doch sie fruchten nicht bei mir,
solltest du wissen.
Deine angeblichen Empfindungen in lyrische Worte
zu kleiden, beeindrucken mich schon lange nicht mehr.
Du bist zwar attraktiv, doch leider unzuverlässig - nein solch
einen Mann suche ich mit Sicherheit nicht.
Beweise mir deine Aufrichtigkeit, sei einfach ein guter
Freund, dem ich trauen kann," sagte ich.
„Oh - nichts lieber als das," rief er leidenschaftlich
und griff zaghaft nach meiner Hand.
„Selbst wenn ich mich immer wieder lächerlich mache,
kommt doch jedes meiner Worte aus tiefstem Herzen."
„Ja - ja, doch jetzt ist genug der Schmeicheleien.
Dir dürfte bekannt sein, dass ich kein albernes, naives junges

Ding mehr bin und dir traue ich nicht über den Weg.
Es ist müßig, dieses Wortgefecht auf dieser Ebene
fortzuführen, dir fehlt es zurzeit an dem nötigen Ernst.
Für heute reicht es," beendete ich das Geplänkel
und erhob mich.

„Mach's gut - bis dann. Es wäre wahrhaftig schön,
wenn wir eines Tages echte Freunde sein könnten,"
ergänzte ich - nickte ihm noch einmal aufmunternd,
lächelnd zu und lief davon.

Wow - das war wie ein laues Sommergewitter,
schwül, doch erfrischend und belebend.

Was beabsichtigt er nur mit diesen übertriebenen Sprüchen?
Er weis doch, dass ich niemals mit ihm gehen würde.

Na - ja, bis auf ein gelegentliches, berauschendes
Schäferstündchen, in hitzig ekstatischer Aufladung,
wenn uns die Lust überwältigte. Das Wissen - perfekt in der
Liebe zusammen zu passen.

Doch heute würde ich es nicht dazu kommen lassen.

Nicht heute und nimmer mehr... Solange es meinen Günter
für mich gibt... Dachte ich, nicht ohne ein bisschen Bedauern
und Herz weh.

Ignatz war mir unbemerkt in gebührendem Abstand gefolgt, sorgsam sich hinter Hecken verbergend, falls ich mich umwenden würde.

Wir hörten nicht das rascheln der Schritte, als er sich neugierig näherte, um uns zu belauern.

Keiner weis, was er von unserem Wortgeplänkel verstand.

Wohl hielt es ihn auch nicht lange in seiner Lauerstellung.

Er hatte genug gesehen, um mich zu verunglimpfen.

Es passte vorzüglich in seinen Plan.

Nun hatte er große Eile den Grafen aufzusuchen.

Er barst förmlich, glaubte zu explodieren - musste sein Wissen unverzüglich loswerden.

Was er gesehen hatte, war ungeheuerlich und schürte seinen Hass ins unerträgliche.

Er beschleunigte seine Schritte, konnte es kaum erwarten das Schloss zu erreichen.

Es sollte wie zufällig erscheinen, dass er dem Grafen über den Weg lief.

„Was willst du alter Schwerenöter, wie ich höre treibst du dich ziemlich oft hier herum, in letzter Zeit.

Hast wohl wieder Sehnsucht nach uns?
Nun denn, deine Kammer ist noch frei!" empfing ihn der
Graf.

„Ach dieses Weib - die Angetraute des Doktors treibt mich
aus dem Haus!" sprudelte Ignatz aufgeregt heraus.
„Sie ist unzüchtig und verdorben.
Stell dir vor, sie trifft sich regelmäßig mit dem Pilzkopf!
Du weißt doch wen ich meine. Ich selbst habe sie schon oft
zusammen gesehen. Die gehört in ein Kloster gesperrt.
Auf das sie Demut lernt und was einem Weib
auferlegen ist!"

„Ach, was du nicht sagst, aber darüber hast nicht du
zu bestimmen, wer bist du schon?"

„Ich bin nicht mehr und nicht weniger als dein Sohn
oder glaubst du - ich wüsste das nicht!" brauste er auf.

„Hm - nun ja - ein Bastard bist du, mehr nicht,"
brummte der Graf herabwürdigend.

„Aber was du da behauptest, gefällt mir gar nicht.
So geht das nicht weiter. Habe ich es doch geahnt.
So ein hinterhältiges Luder.
Wir müssen dem einen Riegel vorschieben,
ich werde mir etwas einfallen lassen müssen.
Schließlich steht die Ehre meines, Neffen auf dem Spiel

und somit der Ruf unseres Standes," sagte er in kurzer Aufwallung von Zorn und vermeintlicher Tugendhaftigkeit. Was gewiss nicht seiner edlen moralischen Gesinnung, sondern eher seinen längst erloschen und verschütteten geilen Fantasien anzurechnen war.

„Dabei könntest du mir sehr von Nutzen sein,"
ergänzte er   halbherzig.

„Lass mich jetzt allein. Ich bin noch schwach auf den Beinen und darf mich nicht allzu sehr aufregen. Ich werde dich rufen lassen, wenn ich dich brauche," beendete er die Audienz, ohne ernsthafte Absichten.

Meine Güte, was kümmerten ihn noch anderer Leute Probleme. Viel wichtiger war jetzt sein eigenes Wohlergehen, nach dem langen Krankenlager.

Nachdem er dem Tod noch einmal von der Schippe gesprungen war, dachte er und verdrängte die ganze Aktion und seine eigenen Worte, die er im Groll ausgesprochen hatte.

Doch schon bald darauf, erlitt er einen üblen Rückfall, der ihn erneut ans Bett gefesselt
und all seine tückischen Vorhaben vergessen ließ.

Das jedoch war später.

Günter war überraschend früh heimgekommen.

„Dem Alten geht es wieder etwas besser.

Die neue Medizin hat gut angeschlagen. Wenn es auch nur ein letztes Aufflackern ist. So glaubt er, es ginge mit ihm wieder aufwärts.

Er läuft schon wieder im Haus herum!" verkündete Günter.

Es wurde ein gemütlicher Abend vor dem Fernseher, denn Ignatz war nicht im Hause.

„Der hat wohl einen neuen Freund gefunden," bemerkte Jonny vieldeutig.

Der Fernseher flimmerte und knackte, bis er schließlich ganz erlosch.

„Der Justin könnte ihn sicher mit Leichtigkeit wieder richtig einstellen," sagte Günter augenzwinkernd.

„Wenn es auch ein altes Modell ist.

Ich war heute Nachmittag kurz bei Mutter in der neuen Zeit, als du nicht da warst, als ich kam.

Ich staune immer wieder aufs Neue wie rasend dort der Fortschritt voran schreitet.

Dort hat man einen sogenannten Flachbildfernseher, so flach wie eine Scheibe.

Auch Mutter hat solch ein Wunderding.

Alles ist auf Fortschritt getrimmt. Die Autos fahren mit
Stromantrieb.

Der Mars ist inzwischen gut erforscht. Doch seine Lage
ist zu weit von der Sonne entfernt und viel zu kalt.
Doch hat noch immer kein Mensch einen Fuß
auf ihn gesetzt.

Auch die Erforschung der anderen Planeten unseres
Sonnensystems, haben den Menschen noch nicht
viel weiter gebracht, bis auf Vermutungen,
wie es dort wohl einst war, ob es Leben gab oder noch geben
könnte, doch unwirtlich ist - die Tatsache - die für Menschen
eisigen Temperaturen, machen ein Leben auf einem anderen
Planeten nicht lebenswert. Wenn wir auch heute glauben,
zukunftsgerichtet zu sein, so wird man in 500 Jahren
mitleidig über die rückständigen Erdlinge
des 2. Jahrtausends lächeln - die glaubten fortschrittlich
zu sein und es dennoch nicht fertiggebracht haben auch
nur einen Fuß auf einen anderen Planeten
als auf unseren benachbarten Begleiter, den Mond, gesetzt
zu haben. Wenn man doch schon in der Zwischenzeit
viel interessantes und bemerkenswertes über diesen
großen GasplanetenJupiter - der allen ein Rätsel
aufgibt, herausgefunden hat.

So ist man dennoch nicht weitergekommen. Von unserem Sonnensystem noch weiter vorzudringen, stoppt die Wissenschaft und es beschert ihr noch unüberwindliche Hemmschwellen.

Aber was rede ich für einen Schwachsinn. Was weis ich schon. Ich habe die Erde ja noch nicht verlassen. Wohingegen du schon - wenn auch unfreiwillig dem All einen Besuch abgestattet hast."
„Ja gut - ich bin zwar schon durch das All gerast - habe unsere Erden von oben als kleine blaue Kugel entschwinden sehen.
Ebenso wie unsere Nachbarplaneten, doch in meiner Panik und Aversion in der ich mich befand,
war es mir nicht möglich einen halbwegs einladenden Planeten auszumachen.
Denn ich hatte nur den einen Wunsch,
lebend die Zwischenstation und darauf den rettenden Weltraumbahnhof zu erreichen.
Ich muss zugeben, unsere bekannten Planeten
des Sonnensystems wie Mars, Venus u. s. w. - die

Sternengebilde wie den außergewöhnlichen Merkur,
Jupiter und Saturn - haben mich nur verwirrt und
beängstigt.

Denn ich sah wahrhaftig und ganz klar die Ringe, die den
Saturn umgeben.

Allein im All ist das eine gruselige, furchteinflößende
Odyssee, von der mich noch immer entsetzliche Albträume
heimsuchen.

Zu allem Übel oblag mir auch noch die Aufgabe, den Robby
der allein die ferne Supernova erkundet hatte, dort hoch
oben in Empfang zu nehmen und in einer
lebensgefährlichen Aktion an mein Raumschiff anzudocken
- was ja eigentlich Justins Aufgabe gewesen wäre.

Doch der war längst auf die Zwischenstation zurückgekehrt.
Die jedoch nur noch mit Computern ausgestattet
und besetzt war.

Denn man erwartete unsere Landekapsel auf dem
Weltraumbahnhof, den Justin nun eiligst aufsuchte.

Meine Landung jedoch gab dem Forscherteam, Rätsel auf.
Denn nach einem kurzen Aufblitzen auf dem Monitor,
blieb der Radar leer.

Das jedoch geschah später...

Nach gelungenem Manöver, atmete ich erleichtert auf.
Denn mit Robby an meiner Seite, lief alles folgende
wie von selbst.

Von meiner Landung in einer viel zu frühen Zeit, als es den Weltraumbahnhof noch gar nicht gab, habe ich dir ja schon erzählt!
Oh der Schandtaten Justins gab es unzählige, die noch in meinem Hinterkopf verborgen waren.
Das waren gewiss keine Kavaliersdelikte, damals viele Jahre davor, in unserem früheren Leben."

„Ach mein armes Schätzchen, was du alles hast erdulden müssen, durch diesen unverantwortlichen, perversen Unhold.
Er sollte für alle Zeit im Kerker verfaulen.
Wo mag er jetzt wohl sein Unwesen treiben?
Womöglich ist er ganz in der Nähe und heckt schon seine nächste Schandtat aus.
Du solltest nicht mehr alleine aus dem Dorf gehen, Schätzchen, ich werde Jonny zu deinem Schutz beordern, ab morgen."

KAPITEL 22: DER UNGELIEBTE GAST

Ignatz fand sich immer seltener ein. Keiner vermisste ihn und wenn er uns besuchte, dann heuchelte er Überfreundlichkeit und unverbindliches Entgegenkommen.

„Sein Hormonhaushalt ist wieder aufgepäppelt," lästerte Jonny grinsend.

Doch der war keineswegs geläutert und seinem Schicksal ergeben.

In seinem Kopf formte sich mehr und mehr eine Möglichkeit und sei es eine miese Gewalttat - Sie zu beseitigen.

Er hatte sich schon lange mit den übelsten Burschen der Kampftruppe des Grafen, der unterdessen verstorben war, angefreundet und sie aufgehetzt.

„Von dem Alten können wir keine Hilfe mehr erwarten. Wir müssen umdenken und einen neuen Plan ersinnen," sprach er zu seinen neuen Kumpels, die er durch List und Versprechen auf seine Seite gezogen hatte.

Das Betäubungsmittel, ein simples Fläschchen Äther, welches der Alte für diesen Zweck einst erwähnte, war und blieb in seiner Bibliotheksvitrine, hinter Cognac und Brandy, sicher verborgen.

Das wäre allerdings die einfachste Lösung und problemlos einzusetzen.

Doch nun mussten sie zu anderen Mitteln greifen.

Sie wussten keine andere Methode, die Frau wehrunfähig zu machen, als sie mit Knüppeln ruhig zu stellen.

„So werden wir vorgehen," bestimmte Ignatz angeberisch.

„Ja du sagst es mein Freund," stimmten die anderen ihm in freudiger Erwartung zu.

„Ach was wird das für ein Gaudi, die hohe Gräfin verschwinden zu lassen. Alle werden nach ihr suchen.

Haha, nur wir wissen wo sie hingeschafft wird.

Im Kloster meiner frommen Tante, ist bereits ein Platz für sie eingerichtet."

Doch ich greife voraus - all das könnte später geschehen.

Vor dem Ableben des alten Grafen, hatte er mich - wieder wie damals im vorigen Leben an sein Sterbebett gewünscht.

Aus schlechtem Gewissen, der Schandtaten die er beabsichtigte, die er aber aus Grund mangelnder Gelegenheiten und dank meiner Vorsicht, in diesem Leben noch nicht hatte begehen können, Vergebung und die Reinwaschung seiner Sünden, in einer Schenkung.

Eines seiner edelsten Pferde sollte es sein, denn gleichwohl hatte er eine vage Ahnung, dass dennoch so manches Übel geschehen war.

Ich rang mit mir.

Doch da ich um die Gefahren, die mir geschehen könnten wusste, verzichtete ich diesmal auf das verlockende Angebot und hielt mich bescheiden zurück.

Oh ich entsann mich noch recht gut an die rassige silberweiße Stute, die treu und ergeben, mit mir durch dick und dünn, all meine Wege lenkte.

Ebenso war meine abartige, heimtückische Verschleppung so unglaublich dreist, dass sie mir, auf ewig im Gedächtnis bleiben würde.

Obgleich sie ebenfalls im vorigen Leben geschähen war.

Zu einer geladenen Festlichkeit, weilten wir im Schloss, bei ausgelassener Musik, Tanz und dem üblichen Trubel.

Als mein Gatte unerwartet zu einem fungierter vorgetäuschten Abruf zu einer Gebärenden beordert wurde.

Die angebliche Patientin jedoch war wohlauf und erstaunt.

Denn es erwies sich als lange vor dem Geburtstermin.

Wobei diese Zeit seiner Abwesenheit genügte, mich durch ein Schlafpulver im Weinglas zu betäuben und verschleppen zulassen.

Worauf ich mich auf dem Landgut des russischen Fürsten, wieder fand, irgendwo in der tiefsten Provinz weit im Osten.

Alles war von dem gewissenlosen Grafen raffiniert

vorbereitet und wohl bedacht, eingefädelt.

Er hatte mich wahrhaftig verkauft, im Gegenzug für ein
paar rassige Pferde für seine Zucht, die er leidenschaftlich
und erfolgreich betrieb.

Oh ich hatte wahrhaftig genug Grund den Alten
zu verabscheuen.

Doch das war lange her.

Nur an der Seite meines Liebsten - unter seinem Schutz
nahm ich Abschied von dem scheidenden Grafen.

Von seiner Seite konnte mir nun nichts mehr geschehen.

Unser Leben war wieder so harmonisch wie früher.

„Alles könnte so schön sein, wenn nicht die ständige
Gefahr bestände, die durch den unermüdlichen Justin,
deiner lauern würde," seufzte Günter.

„Ach, du siehst alles viel zu schwarz, vermutlich hat er
längst etwas anderes im Sinn,"
bagatellisierte ich seine Befürchtungen.

„Denn Justin ward schon lange nicht mehr gesehen. "

In Aufwallung übrig gebliebener lauer Gefühle für meinen
langjährigen Weggefährten und mehr, verdrängte ich
emotional all die unschönen Perversitäten,
wie die erzwungene Heirat, die nur durch Lügen
und Intrigen, zustande gekommen war.

So wie die Stunde seiner fürchterlichen Rache,
als alles aufflog und ich zu Günter zurückgekehrt war.
Als er in seinem Groll, seine Kutsche in voller Fahrt
auf uns lenkte, um uns zu zermalmen.
Nicht zu vergessen die Entführung in ein verlassenes Haus
und nicht zuletzt, die Entführung in ein Raumschiff - um
mich zu allem Übel dort oben auch noch allein zu lassen.
Seine späteren Beteuerungen, das alles geschah nur aus
übergroßer Liebe zu mir.
Denn hätte er mich nicht mitgenommen, hätte er mich
verloren. Ich wäre ihm unweigerlich davongelaufen.
War er auch zu einem Sagenumwobenen Heros
in seiner Zeit auferstanden - ein Genie - Weltweit verehrt
und zu einem mächtigen Industriegiganten,
sowie zum Wissenschaftlichen Forscher und Phänomen
jener Zeit, hochgejubelt - einem geistigen
Ausnahmezustand zuzuordnen.
So war er auch der geborene, einschmeichelnde Herzens-
brecher und ein Draufgänger - doch kein Rebell,
denn für ihn galten andere Gesetze - hausgemachte
nach seinen Bedürfnissen zurechtgebogen.
Insbesondere in der Zukunft, wo er als Unsterblich galt
und sich an die Spitze der Weltregelung gekämpft hatte.
In seiner Art überlegen - übermenschlich und cool,
das spöttische Grinsen im Gesicht.
So war er extrem wandlungsfähig - von unwiderstehlichem
Charme begünstigt.

Während er allein durch die blühenden Wiesen - der
erwachenden Natur im Morgennebel schritt,
fühlte er sich doch recht einsam.
Kein Mensch begegnete ihm auf seinem Weg.
War das wirklich das Leben das er wollte - fehlte da nicht
einiges? Wo blieb der köstliche Genuss?
So spannen sich in seinem Kopf utopische Fantasien.
War ihm nicht die Möglichkeit gegeben,
eine der legendären Frauengestalten wie etwa Aphrodite,
Leto, Hera, Isis oder eine der anderen zahlreichen
sagenumwobenen Wesen, nicht nur als Göttinnen
oder Halbgöttinnen zu sehen und aufzusuchen.
Wenn sie nicht nur alten Mythen oder Legenden
entsprangen.

So wäre es zudem gar nicht so einfach ihre tatsächliche
Existenz und Wirkungszeit festzustellen.
Denn sie entsprangen einer langen Zeitspanne - wohl von
tausend Jahren bis an die Christenzeit.
Selbst wenn man die überlieferten Zeiten treffen sollte.
So würde der heutige Lustgenießer vermutlich sehr
enttäuscht und dass in den Jahrtausenden wechselnde
Schönheits- Idol, womöglich als unattraktiv oder gar als
abstoßend empfinden. Und war nicht Hera mit dem
mächtigen Zeus liiert und hat Zeus es nicht, neben all
seinen anderen Geliebten auch mit seiner Schwester
getrieben und Kinder gezeugt? Um Himmelswillen,
mit dem wollte er sich keinesfalls anlegen.
Anders war es bei Kleopatra, bei der ihre Hoch - Zeit
als Ägyptische Pharaonin um 40 -35 vor Christi belegt war.
Doch vieles um sie blieb rätselhaft und ungelöst.
Ah - was für ein Teufelsweib, das nicht nur als zauberhaft,
verführerisch - erotisch, sondern auch als sündig,
gefährlich, trügerisch, äußerst kämpferisch und gefürchtet,
beschrieben wurde.

Kleopatra wirklich zu begegnen würde ihn schon reizen.
Weis Gott, so wäre eine sinnlich - romantische Phase
jedoch fraglich und noch lange nicht gewährleistet,
wäre es auch nur im Fieber einer Nacht, die wie glühende
Lava durch die Adern fließt.
Selbst wenn sie glaubt, ich wäre einer der Titanen
wie etwa Okeanus.

Schließlich bin ich größer als alle Kämpfer ihres Reiches.
So würde ihn womöglich - mit dem Feuer spielend,
nicht nur eine unvergessene Nacht, sondern ein Dolch
zwischen die Rippen oder ein süßer Giftdrink erwarten,
der die Gedärme und das Herz verätzt
und ihm nicht einmal mehr Zeit zum Staunen
und Abschied nehmen bleibt.
So ein sinnloses Ende zu nehmen nach all der langen Zeit,
die er sich erkämpft hatte, reizte ihn keineswegs.
Mein Gott - nach dem ich schon an die achthundert Jahre
in Zeit und Raum - Gott getrotzt und auf diesem Planeten
überwunden habe, ist es gewiss nicht das,
was mir vorschwebt, dachte er.
Und dennoch - obgleich ich von Kleopatra so manches
unerklärliche Geheimnis und ungelöstes Rätselhafte,
hätte erfahren können. So wird, das alles wohl für ewig
ungelöst und im Verborgenen bleiben.
Zudem habe ich keine Zeit zum Sterben - auf mich warten
noch große Aufgaben.
Ein neues Imperium aufbauen.
Eine neue vernünftige Menschengeneration heranzuziehen.
Und ebenso wichtig - die Tierzucht - die gerade zum Leben
notwendig ist - ein kleiner Anfang.
So wären wir noch weit entfernt, von den Sünden
der Menschheit, wie der Massentieranlagen
und Tierzuchtfabriken mit lebenden Produkten.
Möge es nie dazu kommen, dachte er.

KAPITEL 23: DER FREMDE SOHN

Jahre waren vergangen.

Wolfgang war zum Manne erwachsen, sein Ehrgeiz hatte Früchte getragen.

Er hatte seinen Doktorbrief in der Tasche und präsentierte sein mühsam erarbeitetes Dokument, stolz seinem Vater.

„Ich werde hier auf dem Land mein Glück versuchen, wenn möglich als niedergelassener Allgemein Mediziner.

Es ist nicht in meinem Sinn, mein Lebtag als Klinikarzt, Urologe oder Chirurg zu dienen, um irgendwann meine Chance

als Stationsarzt aufsteigen zu sehen.

So beabsichtige ich die Praxis und den Umgang

mit den Patienten - somit verbunden meinen neuen, ungewohnten Lebenskreis bei dem renommierten Doktor von Elzen zu erlernen.

Vater hat mich zwar nicht ermutigt wie er es, noch vor fünf Jahren getan hätte, aber er hatte auch nichts dagegen einzuwenden," erklärte er mir später.

So stand er eines Tages vor der Tür.

Der Schreck - das Ungeheuerliche das den Ahnungslosen

erwartete, traf ihn mit voller Wucht - völlig unvorbereitet.

Ungläubig starrend, als sehe er eine Erscheinung,

begann er zu stammeln.

„Carla - du hier - aber was tust du hier?

Ich wusste natürlich das du meinen Vater vor Jahren schon verlassen hast. Aber hiermit habe ich nicht gerechnet.

Nun verstehe ich mehr und mehr was Vater

mir versteckt - behutsam beibringen wollte.

„Vielleich schaust du mich hernach nicht mehr an, Junge.

Ich bin dir dann fremd," sagte er vieldeutig.

„Aber Vater, wie könntest du mir jemals fremd werden?

Wie kannst du mich für so Charakterlos halten,"

entgegnete ich verständnislos.

Doch er antwortete: „Nicht heut und morgen, aber noch in dieser Woche bestimmt, wirst du mit Verachtung

auf mich herabsehen. Und er sagte noch etwas, dessen

Sinn ich nicht verstand. Nun beginne ich zu verstehen!"

„Nein du verstehst nicht den wahren Sinn seiner Worte,

wie könntest du auch. Denn ich habe deinen Vater

nicht verlassen - vielmehr habe ich ihn endlich gefunden .

Denn er - der Doktor ist es, zu dem ich gehöre und du

auch!"

Hier machte ich eine Denkpause.

Ich ließ die Worte auf ihn wirken und wartete geduldig

auf eine erleuchtende Antwort.

Das war zu viel für ihn. Sein Hirn war nicht willig,

das gehörte einzuordnen.

„Mein Gott Junge - verstehst du denn noch immer nicht?
Er - der Doktor Günter - er ist dein Vater!"

„Was sagst du da?" murmelte er, sichtlich erschüttert,
wendete sich um und taumelte davon.

„Komm bald wieder," rief ich ihm nach.

Und er kam wieder, denn die Zukunft hielt noch viel für uns
bereit.

Jonny begleitete mich noch immer auf all meinen Wegen.
Er begleitete mich zum Markt und ließ mich keinen
Moment aus den Augen. Selbst zum Bäcker und Metzger.
Ich ging keinen Schritt ohne ihn im Schlepptau.
Murrend folgte er mir selbst auf meinen ausgedehnten
Spaziergängen, was dem lauffaulen, bulligen Kerl gewiss
keine Freude bereitete und ihn so manches Mal,
schnaufend aus der Puste brachte und mich nötigte, eine
Pause einzulegen.
Das war kein Spaß und nervenberaubend.
So dass ich ihn oft zurückließ und alleine meinen Weg
fortsetzte und mit der Zeit immer unvorsichtiger wurde.
Justin hatte ich schon lange nicht mehr gesehen.
Meine Güte, was sollte mir schon geschehen?

Selbst wenn er mir irgendwo auflauern sollte, würde es ihm
nicht gelingen mich zu entführen.
Lachhaft, allein der Gedanke, er würde mich packen
und wie ein Steinzeitweib fortschleppen.
Doch die Gefahr drohte aus einer anderen Richtung,
von der ich nichts ahnte.

Justin indes plagten ganz andere Sorgen.
Seine fixen Ideen - aus dem Ende der Welt,
einen Neuanfang zu machen, hatte Formen angenommen.
Um das Jungvieh, das er dafür benötigte, den Hang hinauf,
durch den Zeitenkanal in die völlig zerstörte Welt zu
schaffen, brauchte er ein paar kräftige, ungehobelte Kerle,
die ihm auch beim Neubau der verwüsteten Landschaft
sehr von Nutzen sein würden.
Doch kein halbwegs vernünftiger Mann, würde sich
freiwillig für diesen Job finden.
So sah er sich gezwungen, eine Mannschaft aus früheren
Zeiten - wie etwa dem 15. und 16. Jahrhundert, in denen
die Not der Menschen am größten war, zusammen zu
suchen.
Hoffnungslose Kreaturen, die nach verzehrenden Kriegen,
übriggeblieben, brotlos - dem Hungertod entgegen sahen,

willig das vielversprechende Angebot in einer fremden
Welt, ihr Heil zu finden, annahmen.

So gewann er schließlich einen willigen Arbeitstrupp
für die Schinderei.

Die heikelste Aufgabe jedoch war es, junge gebärfähige
Weiber zu beschaffen, wobei er zuerst an Carla dachte,
obgleich sie längst das gewisse Alter überschritten hatte.
Doch zum ersten Mal hemmten ihn Skrupel, auch Carla
für sein Vorhaben zu entführen.

Nachdem er ihr heilig versprochen hatte, sie fortan nicht
mehr zu täuschen. Wie schade - denn sie wäre die
passende Urmutter, um ein neues Imperium aufzubauen.
Vielleicht würde es ihm dennoch gelingen, sie irgendwann
für sich zu gewinnen.

Nach langen Überlegungen, kam er zu dem Schluss auch
die jungen Frauen aus früheren Zeiten sorgsam zusammen
zu suchen. Nicht irgendwelche - Klasse statt Masse.
Denn freilich sollten sie auch das Auge erfreuen
und mussten unbedingt ledig sein.

Es war gar nicht so einfach, diesbezüglich seine Auswahl
zu treffen. Denn er selbst würde sie alle schwängern,
Was ihm gewiss keine Mühe bereiten würde.

Eile war geboten, bevor die Kerle sich über sie hermachten,
sollte sein Samen gepflanzt sein.

Vor seinem geistigen Auge, sah er schon viele
wohlgeratene Kids heranwachsen und wiederrum, sich
vermehren - um die leere Welt zu bevölkern.

Er war dann so etwas wie der liebe Gott, streng,
doch gerecht - sichtbar - ansprechbar und nicht im
Verborgenen, als Übermensch das Geschick leitend,
würde er auch für viele Generationen der göttliche
Herrscher sein.
Die erste Generation würde seine Gene erhalten und sie
weitertragen.
Sie würden sein perfektes Erbgut weitervererben.
Eine gute Voraussetzung, für ein großes Gelingen.
Viele Monate brauchte er für die nervenraubende Suche.
Indes die Männer zwischenzeitlich, halbwegs häusliche
Behausungen aus den Überresten der Ruinen aufgebaut
hatten.

Nachdem er die Mädels sicher untergebracht und mit
Nahrung, Säckeweise Kartoffeln, Reis, Nudeln und
eingeschweißtem Fleisch, aus der modernen Zeit versorgt
hatte, begann der kräftezehrende Viehtransport,
Lämmer und widerstrebende Kälber, die sich störrisch
wehrten, den Weg in die Höhle zu gehen und nur mit
Geschiebe und Stockschlägen angetrieben, schließlich ihr
Ziel erreichten.
Die munteren, wendigen Zicklein hingegen,
sahen es als Spiel.
Die kleinen putzigen Ferkel und das umfangreiche
Federvieh, waren kein Problem. Sie wurden in Kisten
transportiert.

Sodann folgte der Transport von Bauholz.

Die Ställe mussten eiligst aufgebaut werden,

ebenso sollten viele kleine Blockhütten gezaubert werden,

zwecks Familiengründung. Sodas jede Frau mit einem
Mann ihrer Wahl zusammenziehen konnten.

Buh - das war ein hartes Stück Arbeit, die einen ganzen Kerl
erforderte.

Am Anfang hatte er Zelte aufgestellt. Die schwierige
Aufgabe Unterkünfte für alle zu bauen, erforderte noch
mehr Kraftaufwand und Erfindungsgabe.

Wenn auch ein zaghafter Aufbau, bereits vor Jahren
seinen Anfang genommen hatte.

Damals jedoch hatte Justin nur einen verwöhnten,
ungeschickten Jüngling an seiner Seite, nachdem Carla
ihn verlassen hatte.

Was er ihr lange nachtrug und seinen Plan zum Scheitern
brachte.

Das war damals.

Heute arbeiteten etliche kräftige Männer eifrig unter
seinem Kommando, denen daran gelegen war, ein Dach
über dem Kopf zu haben.

Während die zusammen gewürfelten Frauen, nachdem sie
sich kennengelernt und angefreundet hatten,

die trostlose Situation mit ihrer angeborenen Führsorge
zupackend, organisierend mit kochen und backen
aufmunterten.
Wenn sie auch anfangs nicht so recht wussten,
wofür sie ausgerechnet in dieses unwirtliche Land
verschleppt wurden.
So bildete sich bald eine Gemeinschaft.
Mit all den Gleichgesinnten, ließ sich alles ertragen.
Zudem reizten sie die verträumten Blicke der Burschen,
die nach einer passenden Gefährtin Ausschau hielten.
Der angeborene biologisch - natürliche Drang nach
Vereinigung.

Mittlerweile hatte auch die Vegetation ihren Platz
Wieder erobert. Frische grüne Triebe wohin man blickte,
überwucherten das Land und sorgen für willkommenes
Frischfutter für die Rinder, Schafe, Ziegen und
insbesondere für das Federvieh, das auch den letzten Halm
begierig aufpickte.
Die Hauptarbeit war nun das aussäen des Getreides,
wobei sich einige der Männer aufs Beste verstanden.
Denn sie kannten und vermissten keine modernen Eggen,
noch einen automatischen Pflug.

Alles gelang nach Justins Vorstellungen und hob die Laune.

Ein Pferch für die Schweine war schnell gezimmert.

Doch die Kälber, Lämmer und Ziegen mussten vorerst
in einem rasch zusammen gebauten Unterstand vorlieb
nehmen.

Die Wiesen mussten sich erst erholen, um im nächsten
Jahr genügend Gras und Klee zu prodozieren.

Justin fühlte sich als Bauer, wenn er freudig händereibend
durch die neuen Anlagen schritt.

Der Anfang war gelungen. Für alles andere würde die
Erneuerung, durch die Natur und der Menschen sorgen.

Vielleicht kann man schon im Spätsommer die erste
Heuernte einfahren.

Das Stroh des Getreides wenn es abgemäht, würde dem
Vieh als willkommene Streu und Nahrung über den Winter
gereichen.

Alles Notwendige war jetzt getan.

Doch es galt ja auch, eines Tages die ganze Welt
zu besiedeln. Oder würde der Herrgott wieder Urtiere,
wie zum Anfang der Zeit, so auch später zur gegebenen
Zeit die Urmenschen erstehen lassen?

Doch welche Zeit sollte das sein?

Er überlegt wie er die Zeitrechnung festlegen sollte.

So standen sie jetzt im Jahre 20 - die ersten Jahre dazu

gerechnet, die er mit Carla und Albert verbracht hatte.

Alles ließ sich so besser berechnen. Alles war vorbereitet und in die Wege geleitet.

Jetzt konnte sich Justin eine wohlverdiente Pause gönnen und einen Abstecher in die alte Zeit vornehmen.

Er freute sich wie ein Kind auf einen Ausflug durch den Zeitenkanal.

Dort würde er sie wiedersehen und konnte seinen Traum weiterspinnen.

Munter - ein Lied summend beschleunigte er seine Schritte.

Niemals vorher hatte er die üppige Fülle der Vegetation so intensiv erlebt und empfunden.

Alles grünte und blühte in voller Pracht. Er lief durch die sprießenden Felder zum Teich und erfreute sich an jeder Korn und Mohnblume.

Eines Tages würde auch seine Welt zum Paradies erblühen. Wenn sie jetzt auch noch aus kärglichem Bewuchs bestand.

„Ich sehe es gar nicht gerne, ich habe kein gutes Gefühl
das du dich soweit aus dem Dorf wagst.
Jonny ist nicht mehr der Beweglichste.
Ich befürchte das er den raffinierten Schachzügen Justins
nicht gewachsen ist," mahnte Günter.
„Du solltest warten bis ich abends meine Praxis schließe
und du mit mir zusammen unseren Weg gehst!"
„Ja Liebster, ich gehe auch am liebsten mit dir.
Es ist ja auch so erbauend und segensreich für die Gefühle
die wir für einander empfinden, die uns binden.
Doch du weißt, ich liebe die Natur.
Auch habe ich gestern habe ich gewisse Heilkräuter
entdeckt, die ich nur in der frühen Morgensonne ernten
kann.
Zudem erfreue ich mich an den Schmetterlingen,
den summenden Bienen, den munteren Forellen im Bach.
Und stell dir vor, am Teich habe ich nistende Bodenbrüter
im Schilf beobachtet!
Ach lass mich noch ein paar Tage die Wunder
der Schöpfung genießen.
Bald wird es ohnehin von Feldarbeitern wimmeln,
die das erste Gras abmähen. Dann ist es mit der Ruhe
vorbei und Justin ist gewiss nicht mehr in der Gegend,

auf die Dauer wäre es ihm hier ohnehin zu langweilig, der braucht immer Aktion".

„Nun gut, ein paar Tage gebe ich dir noch, wenn es dir so viel Freude bereitet," brummte Günter, bedenklich den Kopf wiegend.

Schon früh am folgenden Tag, rüstete ich mich für den Trip, bevor es zu heiß wurde.
Die Sonne knallte schon erbarmungslos vom Himmel und versprach einen herrlichen Frühsommertag.
Meine Güte, ich muss nicht unbedingt heute oder morgen an den Weiher gehen.
Nun gut, so gehe ich heute zum letzten Mal mit Jonny und verschiebe die Ausflüge auf abends, dachte ich, während ich in meine Treter schlüpfte.
Hatte ich auch alle Bedenken gegen Justins Heimtücke verworfen, so bedachte ich kaum andere Gefahren die meiner lauern konnten.
Ich zuckte unwillig mit den Schultern, um alle lästigen Gedanken abzuschütteln.
Hatte ich auch keine Bedenken gegen Justins raffinierte Schachzüge, denn daher drohte mir keine Gefahr.
Ebenso kamen mir nicht die hinterhältigen Machenschaften des Onkels und seiner getreuen Schergen in den Sinn.
Denn der Onkel war längst verstorben.

Ich schritt rüstig voran, während Jonny wie immer
missmutig hinter mir her trottelte.

„Warte hier auf dem kleinen Hügel auf mich.
Hier hast du mich die ganze Zeit gut im Auge,
wenn ich um den Teich laufe," sagte ich schmunzelnd
und lief auch schon los.

So sah er aus der Ferne die Gefahr - das Unheil nahen,
ohne eingreifen zu können.

Von zwei Seiten kamen sie und kreisten mich ein.
Mit Knüppeln und einem Bündel Fesselband bewaffnet,
hatten sie die Ahnungslose bereits erreicht.

In meiner Todesangst glaubte ich, den Ignatz zwischen
ihnen zu erkennen.

Aber was beabsichtigten sie und warum, was habe ich
ihnen getan?

Wie es schien, waren es einige Raufbolde aus der Armee
des Grafen, aber der Graf war längst tot.

Wer war ihr Auftraggeber und Anführer?

Mir blieb nicht viel Zeit mehr zum überlegen.

Als ich die Unholde mich einkreisen sah - vor mir ein
grinsender Teufel mit erhobenem Todschläger,
wusste ich: Das ist nun mein Ende.

In diesem Moment lebte ich hundert Leben, ehe der Schlag
mich traf und zu Boden warf.

Jonny sah mit Entsetzen einen Knüppel auf sie
niedersausen und sie leblos zusammensacken.

Starr vor Grauen stierte er auf dieses feige,

infame Mordgeschehen.

Hilflos musste er mit ansehen, wie ein weiterer der rüden Bande seinen Knüppel erhob um seinen sadistischen Drang auszutoben.

Doch was geschah jetzt unglaubliches?

Bevor ein weiterer Schlag sie treffen konnte und ihrem Leben mit Sicherheit ein Ende bereiten würde und keinen letzten Lebenshauch ließe.

Ein Kerl groß und breit, mit Degen und Schießeisen bewaffnet, stand plötzlich wie hingezaubert auf der Schaubühne und ließ einen schauerlich drohenden lauten Ruf erschallen, der wie aus Lautsprechern von den Bergen zurückgeworfen, mehrfach ertönte: „Was treibt ihr da, Satansgezücht.

Haltet ein, lasst sofort die Frau los oder ich knalle euch ab wie tollwütige Hunde!"

Noch ehe der letzte Ton verhallte, hatten die Übeltäter die Flucht ergriffen - rannten, als fürchteten sie um ihr Leben, erreichten ihre versteckten Gäule - stoben davon und ließen ihre Beute sterbend zurück.

Zweifellos waren es die Pferde des Grafen, erkannte er.

Doch war der Graf nicht vor Jahren schon verstorben?

Und sein Sohn - sein Nachfolger, ein gutmütiger Trottel, konnte unmöglich der Auftraggeber einer solchen Freveltat sein.

Der Fremde näherte sich mit schnellen Schritten,
beugte sich und trug das zarte Wesen behutsam wie eine
kostbare Fracht davon.
Nicht ohne hundert zärtliche Küsse auf das Antlitz
der Schlummernden zu verteilen.

KAPITEL 25: DER LETZTE AKKORD

In Gedanken versunken, bemerkte Justin zunächst nicht
das Unheil, dass sich nicht weit von ihm zusammen
braute.
So erschrak er, als raue Stimmen lauter wurden.
Ein Blick genügte, um den Sinn des Treibens zu erfassen.
Jetzt erst sah er die einsame Frau inmitten
der heranstürmenden Häscher, hilflos die Arme heben.
Was um Himmelswillen geschah da?
Er musste schnellstens eingreifen. Doch er kam zu spät.
Das Unglück war bereits geschehen. Er setzte sein Fernglas
an die Augen.
Was er nun sah, erschien ihm wie eine Szene aus einem
schlechten Horrorfilm. Ein elendes Häuflein, das sich
nicht mehr rührte und von weitem wie ein Strohbündel
anmutete, lag leblos am Boden.
War das nicht seine geliebte Carla?
Plötzlich hielt er einen Dolch, der furchterregend
in der Sonne blitzte, in der Hand.
Den Dolch, den er gestern erst, einem der brotlosen
Recken aus dem 15. Jahrhundert der verheerenden,
hungerschwangeren Nachkriegszeit, abgenommen hatte.
Eine unbändige Wut übermannte ihn.
In seinem überschäumenden Zorn brüllte er,

wie ein verletztes Tier. Sodass die Häscher in Panik
die Flucht ergriffen.
Doch sie waren im Vorteil, denn sie waren beritten.
Sie konnten sich sammeln, dort hinter dem Hügel -
nachdem ersten Schreck zurückkommen und erneut
angreifen.
Doch der Moment ließ keine langen Spekulationen zu.
Noch einmal hob er den Kopf und sah Jonny hilflos,
händeringend auf dem Hügel stehend.
Er wusste, dass er als ständiger Begleiter
und Beschützer, ihr dienen sollte.
Doch was konnte der alte knorrige Kerl schon gegen
eine solche Übermacht ausrichten.
Justin nickte ihm bedauernd - schulterzuckend zu.
Während Jonny am Boden zerstört, fassungslos,
ihm nachblickte und voller Grauen dachte: Wie kann ich
jetzt - allein ohne sie zurückkehren?
Wie soll ich ihm meinem verehrten Herrn unter die Augen
treten.
Wie ihm das unbegreifliche verhängnisvolle Geschehen
erklären? Wie ihm beibringen, was für ein Drama sich hier
abgespielt hat und er seine Liebste womöglich
nimmermehr sehen wird?
Oh ich unwürdiger. Ich möchte im Erdboden versinken.
Jonny ist mein Zeuge - das ich sie nicht heimtückisch
verschleppt habe, dachte Justin.
Ich hatte keine andere Wahl, sie von der mörderischen

Bande zu retten, als sie mitzunehmen.

Der betagte Jonny, der vor Entsetzen erstarrt, hilflos die Arme vorstreckte, hatte alles mit angesehen.

Nun galt es, das geschundene Wesen, das dem Tod näher war, als dem Leben, sein kostbares Kleinod, so schnell wie möglich in Sicherheit zu bringen.

Der Zeitkanal war nicht weit...

Er hielt sie fest in seinen Armen und blickte besorgt auf sie hinab.

„Oh du zauberhafte Elfe - schwebe mir nicht wie ein Engel davon - bleib bei mir. Atme - nimm von meiner Kraft - Teil meines Seins - Sinn meines Lebens.

So werde ich dich hegen, behüten, achten und lieben, mehr als mich selbst", murmelte er zärtlich in fiebriger Erregung - bewusst das Verbotene gebrochen zu haben.

Die Magie der Stunde erfassend.

Doch das schwache Glimmen ihres Lebenshauches könnte erlöschen und seinen Traum vernichten - mein geliebter Engel.

Sie kann ja nichts dafür, dass sie alle verrückt macht und in den Wahnsinn treibt.

Ein Blick von ihr wirkte berauschend süß wie ein abgeschossener Giftpfeil.

Doch hat sie nicht allen nur Unglück gebracht?

„Doch bei mir wird sie bleiben - für immer,
wenn du aus dem Koma erwachst", sprach er weiter - oder
dachte er es nur?

„Wenn du deine Augen aufschlägst und hast dein Leben
vergessen - vergessen wen du einst abgöttisch liebtest.

So wirst du fortan nur noch mich lieben, als hättest du
den jungen Grafen von Elzen, der dich ebenso wahnsinnig
liebte, niemals gekannt!"

Alles käme so, wie er es sich schon immer, sein Leben lang
erträumte, sein Herz war weit geöffnet.

Denn er war noch immer von Verlangen nach ihr besessen,
unfähig sich ihr zu entziehen.

Er wusste, dass er immer ihr Sklave sein würde.

So wie Günter und er - doch nur sie beide als Einzige noch
immer lebten - und nicht wie all die anderen, die sie einst
begehrten, in den langen - so viele Jahrhunderte
während Zeitreisen - längst verschieden und zu Staub
zerfallen waren...

Bisher erschienene Bücher

Tor zur Ewigkeit	Band 1
Sternenstaub	Band 2
Am Rande der Zeit	Band 3
Tödliches Verlangen	Band 4
Zwischen den Welten	Band 5
Der Gesichtslose	Band 6
Hinter dem Regenbogen	Band 7
Schwarze Sonne	Band 8
Die weiße Sklavin	Band 9
Satans Erben	Band 10
Satans Rache	Band 11
Herrin der Welt	Band 12
Die verschwundene Zeit	Band 13
Fenster ins Jenseits	Band 14
Wo die Ewigkeit endet	Band 15
Glut der Hölle	Band 16
Hilferuf aus der Steinzeit	Band 17
Kein Platz im Himmel frei	Band 18
Die Brücke des Teufels	Band 19

alle unter: http://www.meine-buch-ideen.de

Herstellung und Verlag: BoD - Books on
Demand, Norderstedt.
ISBN: 9783755776505